RÉPERTOIRE
DRAMATIQUE

DES AUTEURS CONTEMPORAINS.

····›››◦◦◦‹‹‹····

N. 237.

Théâtre des Variétés.

LES PETITS MYSTÈRES DE PARIS,

VAUDEVILLE EN SIX TABLEAUX.

50 CENTIMES.

PARIS,

AU BUREAU, RUE FEYDEAU, 13,
TRESSE, successeur de J. N. BARBA, Palais-Royal.

—

1842.

LES

PETITS MYSTÉRES

DE PARIS,

VAUDEVILLE EN TROIS ACTES ET SIX TABLEAUX,

PAR MM. DUPEUTY ET CORMON,

Représenté pour la première fois, à Paris, sur le théâtre des Variétés, le 28 décembre 1842.

DISTRIBUTION :

POUPARDIN.................. M. DUSSENT.
SAINT-LÉON, directeur-général d'une compagnie par actions.................. M. PROSPER.
GEORGES , premier commis d'un magasin de nouveautés .... M. CHARRIER.
ANTOINE, garçon de bureau. M. KOPP.
LIBERTÉ.................. M. HYACINTHE.
RÉGULUS , bel homme, tradition populaire......... M. DUMESNIL.
DUBRUEL.................. M. RENAUD.
ALFRED.................. M. CARRAT.

UN PROLÉTAIRE............. M. ÉDOUARD.
UN DÉCROTTEUR............. M. GEORGES.
UN COCHER............. M. EMMANUEL.
CARLOINE, femme de Poupardin............. Mlle ESTHER.
CAMÉLIA , couturière........ Mme BOISGONTHIER.
ANGÉLIQUE, fille de Poupardin............. Mme MARTIN.
VICTOIRE, cuisinière....... Mme BLIGNY.
POMPON, bouquetière....... Mlle JULIETTE.
CONSTANCE , ouvrière....... Mlle LÉONTINE.
UNE MODISTE............. Mlle MARIE.
UNE ANGLAISE............. Mme DIESNY.

ACTE I.

—

PREMIER TABLEAU.

Une salle à manger. Porte au fond et portes latérales. Une fenêtre.

SCÈNE I.

VICTOIRE , seule ; puis , LA MODISTE , puis, GEORGES.

VICTOIRE, achevant de mettre son couvert.

Voilà mon couvert mis pour le déjeuner.....
Tiens... je crois qu'on a sonné. (Elle va ouvrir.
La Modiste entre; elle tient à la main un carton à chapeaux.) Ah ! c'est vous, la modeuse?

LA MODISTE.

J'apporte le chapeau à Madame.

VICTOIRE.

Ne parlez pas si haut : Monsieur est ici.

LA MODISTE.

Eh bien ! qu'est-ce que ça fait ?

VICTOIRE.

Voulez-vous que Madame vous paie devant Monsieur ? Lui qui croit que sa femme fait ses chapeaux elle-même ! Ah ben ! il jetterait de beaux cris ! Car en v'là un qui est chiche !.. Quand il va à son bureau, il n'emporte jamais que son innocence et un sou pour payer le pont des Arts.

LA MODISTE.

Ah ! Dieu !.. je n'aimerais pas un homme comme ça !

VICTOIRE.

Donnez-moi vot' note, et mettez dans cette armoire le chapeau accusateur. (Georges entre ; il porte sous le bras un paquet enveloppé dans un foulard.) Ah ! c'est vous, M. Georges ?.. Si matin !

GEORGES.

Est-ce que Monsieur est déjà sorti ?

VICTOIRE.

Pas encore.

GEORGES.

Tant mieux !.. car Madame m'a bien recommandé de venir pendant que son mari déjeunerait pour lui montrer, comme par hasard, un cachemire qu'elle a vu dans notre magasin.

VICTOIRE.

Bien ! bien !.. je comprends... Elle espère l'entortiller.

GEORGES.

Naturellement. C'est le semestre... Monsieur a reçu ses petites rentes...

VICTOIRE.

Et Madame a choisi ce jour-là... par hasard ! Savez-vous, mon joli calicot, que vous êtes bien complaisant pour Madame.

GEORGES.

C'est le devoir d'un chevalier français.

LA MODISTE, qui a mis le chapeau dans l'armoire.

Voilà qui est fait. Je reviendrai quand Monsieur sera parti.

GEORGES.

Et moi, je reviendrai avant que Monsieur ne parte.

LA MODISTE.

Comme cela, il ne se doutera de rien.

GEORGES.

Ça fait qu'il ne soupçonnera pas la ruse.

VICTOIRE.

Sauvez-vous, j'entends du bruit !

(La modiste sort la première ; Georges la suit. En ce moment, Angélique sort de sa chambre en attachant son tablier.)

SCÈNE II.

ANGÉLIQUE, VICTOIRE.

ANGÉLIQUE.

Quel est ce jeune homme, Victoire ?

VICTOIRE.

M. Georges, le premier commis du *Minaret*.

ANGÉLIQUE.

Ah ! oui... ce magasin de nouveautés où ma belle-mère va si souvent. Est-ce qu'il ne demeure pas dans la maison ?

VICTOIRE.

Si, Mamzelle... En attendant qu'il s'établisse, il s'est mis dans ses meubles... il a acheté quatre chaises et un cornet à piston.

CAROLINE, en dehors.

Victoire !

VICTOIRE.

Madame !

CAROLINE.

Le couvert est-il mis ?

VICTOIRE.

Oui, Madame.

(Elle met des chaises autour de la table.)

SCÈNE III.

LES MÊMES, CAROLINE ; puis, POUPARDIN, en robe de chambre, avec un bonnet grec.

ANGÉLIQUE, allant au-devant de sa mère.

Bonjour, Madame.

(Caroline l'embrasse sur le front.)

VICTOIRE.

On a apporté le chapeau.

CAROLINE.

Bien.

VICTOIRE.

Le jeune homme au schall va revenir.

CAROLINE.

Chut !

POUPARDIN, entrant.

Allons vite !.. à table ! car je suis de garde aujourd'hui, et j'arriverai le dernier au poste. (Ils se placent.) C'est dur pour un homme esclave de ses devoirs. (A Angélique, avant de s'asseoir.) Eh bien ! petite fille, on n'embrasse pas son auteur ? (Angélique l'embrasse.) L'autre, s'il vous plaît. (Il tend la joue.) A la bonne heure... Ne perdons pas les habitudes patriarcales... Passe-moi la vinaigrette.

CAROLINE.

Mais il restait la moitié d'un poulet. Donnez-la donc, Victoire.

VICTOIRE.

Mon Dieu, Madame, c'est que Moustapha l'a mangée.

POUPARDIN.

Ce maudit chat n'en fait pas d'autres ! Si vous aviez soin de fermer le buffet... Mais vous êtes d'une négligence !

VICTOIRE, à part.

V'là-t-il pas un malheur !.. Deux méchantes cuisses et une carcasse !

(Elle rentre dans sa cuisine.)

CAROLINE.

Ainsi, mon bon ami, vous ne rentrerez pas dîner.

POUPARDIN.

Hélas ! non... Je n'ai pas pu refuser à mon capitaine !.. et ensuite la nuit, la triste nuit au corps-de-garde !

CAROLINE.

Et vous n'irez pas à votre bureau ?

POUPARDIN.

Cela me contrarie un peu, car depuis quelque temps je ne suis plus aussi bien avec notre directeur-général... Et n'as-tu pas remarqué qu'il ne daigne plus venir à nos petites réunions, comme autrefois ?

CAROLINE.

J'en cherche en vain le motif.

POUPARDIN.

Le motif... le motif... J'ai du mérite, c'est vrai !.. beaucoup de mérite !.. mais la femme de Dubruel, mon concurrent pour le prochain avancement, a une bien belle taille.

CAROLINE.

Je crois bien, son mari ne lui refuse rien pour sa toilette.

POUPARDIN.

Aussi M. le directeur dit-il à qui veut l'entendre que Dubruel est la plus forte tête de nos bureaux.

ANGÉLIQUE, avec ingénuité.

Mais, papa, quel rapport peut avoir la taille de Mᵐᵉ Dubruel avec la tête de son mari?

POUPARDIN.

Pauvre chéri!.. trésor d'innocence!.. Au reste, grand bien vous fasse, mon cher confrère!.. Jamais je ne parviendrai par de pareils moyens... La femme de Poupardin ne doit pas même être soupçonnée!

CAROLINE, se levant avec humeur.

Une place qui vous revenait de droit! Quand j'y songe, cela m'ôte l'appétit.

POUPARDIN, à Caroline, de manière à ne pas être entendu de sa fille.

Il ne faut pas se faire illusion... J'ai vu, de mes yeux vu, Mᵐᵉ Dubruel faire plusieurs visites à notre haut fonctionnaire... et toujours avec un chapeau neuf.

CAROLINE.

Des chapeaux neufs!.. Elle est bien heureuse! Je n'en ai jamais que de vieux, et encore je les fais moi-même!

POUPARDIN.

Oh! je l'ai bien reconnue... malgré les mystères du camail... cette jolie vilaine mode qui dessine si mal la taille.

VICTOIRE, entrant.

Madame, il y a là un monsieur qui demande à vous parler.

POUPARDIN, à Caroline.

Un monsieur!..

VICTOIRE, bas, à Caroline.

C'est le jeune homme au cachemire.

CAROLINE, haut.

Faites entrer, Victoire.

POUPARDIN.

Cachons la vinaigrette. (Il jette sa serviette dessus.) Si nous avions le poulet, ça nous ferait honneur.

SCÈNE IV.

LES MÊMES, GEORGES.

CAROLINE, feignant de ne pas connaître Georges.

Qu'est-ce?.. Que désire Monsieur?

GEORGES.

Madame ne me remet pas?.. Je suis du Minarèt.

CAROLINE.

Ah! oui... oui!

GEORGES.

Nous avons reçu de nouvelles dispositions en cachemires des Indes, tout ce qu'il y a de plus beau... et très bon marché.

VICTOIRE, à part.

Monsieur fait la grimace.

CAROLINE, passant vers Poupardin.

Dis donc, mon ami, un cachemire... Précisément... moi qui n'ai pas de schall...

POUPARDIN.

Comment! pas de schall... Tu as un tartan.

GEORGES.

Nous pouvons vous céder cet article-là à prix coûtant.

POUPARDIN.

C'est trop cher.

GEORGES.

Du reste, la vue n'en coûte rien.

(Il déplie le schall.)

CAROLINE.

N'est-ce pas qu'il est beau?

VICTOIRE.

Superbe, éclatant.

POUPARDIN, à Victoire.

Allez donc à votre cuisine, s'il vous plaît.

GEORGES, à Angélique.

Qu'en pensez-vous, Mademoiselle?

ANGÉLIQUE.

Moi, Monsieur, je pense comme maman.

VICTOIRE, bas, à Caroline.

Câlinez... câlinez!

CAROLINE, avec gentillesse.

Qu'en dis-tu, bichon? Un sept-quarts... la grande mode!.. Il y a si long-temps que tu en promets un à ta Caroline! (Lui prenant le bras.) Allons, soyez gentil... et l'on vous aimera, entendez-vous, Oscar... on vous aimera bien.

VICTOIRE, à part.

Elle l'aura... elle l'aura!

POUPARDIN.

Je n'ai pas d'argent.

CAROLINE, avec douceur.

Oh! si... si... Nous avons reçu hier 2,500 francs.

POUPARDIN, à part.

Elle aura fouillé dans mon portefeuille; ça fouille partout, les femmes. (Haut, et d'un ton grave.) Caroline, cet argent ne m'appartient pas. Il faut que je place... que j'économise... Pensez que j'ai une fille à marier...

CAROLINE.

Je suis la plus malheureuse des femmes!

VICTOIRE, à part.

Vieux grigon, va!

POUPARDIN.

Si j'avais cette place... je ne dis pas; peut-être alors... Mais, je le répète, je dois d'abord songer à l'établissement d'Angélique.

ANGÉLIQUE.

Papa, je vous en prie, donnez le cachemire à ma mère, je ne veux pas me marier. Je veux rester demoiselle, ne jamais vous quitter... Je suis si heureuse auprès de vous!

POUPARDIN.

Aimable enfant!.. (A Georges.) Monsieur, je ne vous retiens pas... Mes moyens ne me permettent pas de faire à ma femme des cadeaux de cette importance.

GEORGES.

Vous perdez la une belle occasion.

(Il refait son paquet.)

POUPARDIN.

Victoire, vite mon uniforme! Ah! Caroline fais les comptes de la semaine, tu me les don

neras avant que je ne sorte... Tu n'en veux pas
à ton Oscar ?

CAROLINE.

Non, mon ami, je sais me faire une raison.

POUPARDIN.

Voilà une femme !

CAROLINE, bas, à Georges.

Gardez-moi le schall jusqu'à demain.

ENSEMBLE.

Air : Valse des Farfadets.

POUPARDIN, à Georges.

Adieu donc ; au revoir.

(A Caroline.)

Console-toi, bonne femme,
Le poste me réclame,
Et je me dois à mon devoir.

GEORGES.

Je m'éloigne... au revoir...
Consolez-vous, belle dame ;
Gardez au fond de l'âme,
Gardez, gardez un peu d'espoir.

CAROLINE.

Ah ! je sens que l'espoir
N'abandonne pas mon âme.

(A Poupardin.)

Le poste vous réclame ;
Il faut se rendre à son devoir.

ANGÉLIQUE.

Pour maman, plus d'espoir ;
Il abandonne son âme.

(A son père.)

Le poste vous réclame,
Il faut se rendre à son devoir.

VICTOIRE.

Il part, mais je crois voir
Qu'en secret, not' p'tit' dame
Garde au fond de son âme,
Garde encor un petit espoir.

(Georges sort. Poupardin entre à droite.)

POUPARDIN, en dehors.

Angélique !.. viens me mettre mon col citoyen.

(Angélique sort.)

SCÈNE V.

CAROLINE, VICTOIRE.

CAROLINE, bas, à Victoire.

Vous a-t-on laissé la facture du chapeau ?

VICTOIRE, la lui remettant.

On viendra chercher l'argent tantôt.

CAROLINE, à part.

45 francs ! Il ne m'en reste que 30, et j'ai
promis de payer comptant ! (Haut.) Victoire,
dépêchons-nous de compter.

VICTOIRE, donnant sa note.

Voilà, Madame, c'est tout prêt.

CAROLINE, se mettant à la table et prenant une
plume pour compter.

Total : 60 francs.

VICTOIRE.

Tout rond.

CAROLINE.

Ah ! mon Dieu !.. 60 francs en six jours !..
Comment avez-vous fait ?

VICTOIRE.

Madame n'a qu'à regarder, elle le verra
bien !

CAROLINE, lisant.

Deux perdreaux, 6 francs ! Légumes, 3 fr.
10 sous.

VICTOIRE.

Voui, Madame, voui !.. Les légumes, c'est
le feu... L'été z'a t'été si sèche. (A part.) Est-
ce qu'elle va chipoter comme ça sur tout ?

CAROLINE, lisant toujours.

Un petit pain d'un sou, 2 sous.

VICTOIRE, vivement.

J'ai mis ça, Madame ?.. C'est 5 centimes que
je vous redois... Erreur n'est pas compte... Ah !
Dieu ! je ne voudrais pas qu'on pourrait croire...

CAROLINE.

Il n'y a point d'économie dans la dépense...
et il y a gaspillage dans la maison... témoin le
poulet d'hier au soir.

VICTOIRE.

Ne croyez-vous pas qu'on l'a mangé, vot'
poulet ! Dieu merci, on n'est pas comme tant
d'autres cuisinières qui nourrissent des hommes
en cachette... (Pleurant.) Et c'est bien cruel de
voir soupçonner sa probité...

CAROLINE, avec impatience.

Assez !

VICTOIRE.

Sa fidélité !.. Eh ! eh !

CAROLINE.

Qui vous accuse ?

VICTOIRE.

Quand on n'a que son honneur... on y tient...
Ma...a...dame !

CAROLINE, la payant.

Voilà votre argent.

VICTOIRE, sans pleurer.

Merci, Madame ; (A part.) Je mettrai 6 francs
à la caisse d'épargne.

(Elle sort.)

SCÈNE VI.

CAROLINE ; puis, POUPARDIN et ANGÉLIQUE.

CAROLINE, seule.

Quelle infamie... 60 francs !

POUPARDIN, en dehors.

Caroline ? as-tu fait le compte ?

CAROLINE.

Oui, mon ami ; je vais le porter sur mon
livre.

POUPARDIN.

Combien est-ce ?

CAROLINE.

C'est... (Bas.) N'oublions pas mon chapeau. (Haut.) C'est 75 francs.

POUPARDIN, entrant en garde national.

Tant que ça!.. Mais c'est horrible, épouvantable, renversant !

CAROLINE.

Eh ! mon Dieu ! Monsieur, faites vos comptes vous-même avec la bonne... Ne croyez-vous pas que je vous trompe?

POUPARDIN.

Je ne dis pas ça, mais...

CAROLINE, pleurant.

Un tel soupçon !.. Quelle indignité ! Et ce n'est pas la première fois que ça vous arrive.

POUPARDIN.

Caroline !

CAROLINE.

Laissez-moi !

POUPARDIN.

Je ne te soupçonne pas... Je dis seulement que nous allons trop grand train.... mais, te soupçonner ! ah ! jamais ! (Prenant le bras de sa femme et de sa fille.) Allons, adieu, mes petits anges... (Regardant l'heure.) J'en aurai au moins pour deux gardes hors tour.

ANGÉLIQUE.

Adieu, papa.

CAROLINE.

Adieu, Monsieur.

POUPARDIN, prenant son fusil des mains de Victoire, qui rentre en ce moment.

Surtout, soyons sage en mon absence.

VICTOIRE.

Mais, Monsieur, il me semble que je la suis toujours sage, étant célibataire.

ANGÉLIQUE.

Je vais vous broder des pantoufles, papa.

CAROLINE, soupirant.

Et moi, je vais passer ma journée à lire à côté du feu.

POUPARDIN.

C'est ça, mes enfans, lisez de bons livres, de bons ouvrages... Surtout pas de romans modernes... de feuilletons incendiaires.

Air : Malheur d'un amant.

Dans ma maison les mœurs sont pures,
Ah ! craignez d'en ternir la fleur !
Nourrissez de bonnes lectures
Et votre esprit et votre cœur.
Surtout, évitez les ouvrages
De cet auteur de *Plick et Plock*.!

VICTOIRE.

Moi, je n' lis jamais qu' les voyages
Du capitaine Paul de Kock.

ENSEMBLE.

Dans ^{sa}_{ma} maison, etc., etc., etc.

(Poupardin embrasse sa femme et sa fille.)

VICTOIRE.

Je vas vous porter vot' fusil jusqu'en bas.

(Poupardin et Victoire sortent. Angélique rentre dans sa chambre.)

CAROLINE.

Ne vous ennuyez pas trop, cher ami !... (Seule.) Enfin !.. il est parti !.. (Elle va à l'armoire et prend son chapeau.) Vite !.. allons nous habiller !

(Elle rentre dans sa chambre.)

SCÈNE VII.

ANGÉLIQUE, seule.

(Au moment où Caroline rentre, Angélique entr'ouvre doucement sa porte, et s'avance sur la pointe des pieds.)

Air : Quel est donc ce mystère.

Personne... du mystère !..
Je puis donner, j'espère,
Le signal ordinaire.
Mais, surtout, tâchons bien
Que Victoire et ma mère
Ne se doutent de rien.

Si on m'entend, on croira que j'étudie une romance de Mlle Puget. (Elle prend une guitare et s'approche de la fenêtre, puis elle s'arrête et écoute.) Ah ! mon Dieu !.. j'entends du bruit... C'est ma mère qui vient... Oh ! que c'est ennuyeux !

(Elle se sauve dans sa chambre.)

SCÈNE VIII.

CAROLINE.

Au moment où Angélique est sortie, Caroline entre avec précaution ; elle a un camail et un chapeau élégant.)

Même air que le précédent.

Personne... Du mystère,
Je tromperai, j'espère,
Le monde, si sévère ;
Surtout, gardons-nous bien
Que ma fille et son père
Ne sachent jamais rien.

(Caroline se regarde dans la glace et achève de mettre ses gants.) Quel malheur que je n'aie pas mon cachemire !.. Oh ! je l'aurai !

(Elle s'arrange.)

SCÈNE IX.

CAROLINE, VICTOIRE.

VICTOIRE, rentrant, à part.

Madame va sortir !.. Mademoiselle est dans sa chambre ! Bon !

(Elle se glisse dans sa cuisine.)

CAROLINE.

Ah! mon Dieu!.. bientôt midi!.. Pourvu que je le trouve!

(Elle sort en baissant son voile et sur la musique qui continue jusqu'à la fin du tableau. Au même instant, Victoire sort de la cuisine, un cabas à la main.)

VICTOIRE.

Air précédent.

Madame a son mystère.
Moi, simple cuisinière,

J' peux bien
Avoir le mien.

(Elle va ouvrir le buffet, en tire du pain, du vin, des fruits, et prenant une moitié de poulet, elle dit:) La moitié de poulet mangée par Mousta-pha. (Quand elle a achevé de remplir son cabas, elle referme le buffet. — Parlant très haut.) Ne soyez pas inquiète, Mamzelle, je vais au mar-ché.

(Elle sort en courant. — Le rideau baisse.)

DEUXIÈME TABLEAU.

Le cabinet du directeur-général Saint-Léon. Entrée principale au fond. Deux portes latérales masquées par des portières.

SCÈNE X.

SAINT-LÉON, ANTOINE.

(Au lever du rideau le directeur-général se chauffe en lisant son journal. Il a une robe de chambre, un pantalon à pieds et un bonnet grec sur la tête. Antoine est vêtu en garçon de bureau.)

ANTOINE, regardant la pendule.

Midi vingt. (S'approchant.) M. le directeur-général m'a ordonné de lui rappeler que le conseil des actionnaires se réunit à une heure.

SAINT-LÉON, continuant sa lecture.

C'est bien... c'est bien. On n'a pas un moment à soi.

ANTOINE.

C'est que Monsieur n'est pas habillé, et ça demande un peu de temps.

SAINT-LÉON, se levant.

Ah! diable!.. tu as raison... ceci est plus grave! Comment me trouves-tu ce matin, mon cher Antoine?

ANTOINE.

Frais comme une rose.

SAINT-LÉON.

Pas vrai qu'on ne me donnerait pas mes quarante ans?

ANTOINE.

Quarante!... Monsieur n'en a pas même trente, quand monsieur a ses cheveux noirs, ses favoris teints et ses superbes mollets.

SAINT-LÉON.

Plus bas... plus bas, Antoine.. Je ne veux pas que mes employés soient dans notre confidence. Ils seraient dans le cas de se permettre des caricatures sur leur chef... c'est-à-dire sur le mien... et ça fait du tort auprès des femmes!

ANTOINE, bas.

Je m'en vais toujours préparer la perruque.

(Il sort.)

SAINT-LÉON, seul.

Et nous, voyons un peu toutes ces paperas-ses. (Prenant sur son bureau un des papiers.) Ah! ah! la nomination de cet excellent Dubruel!.. Signons, puisque je l'ai promis à sa femme. (Si-gnant.) Un administrateur n'a que sa parole. (Regardant un autre papier.) Demande pour le même objet... de M. Poupardin!.. Au panier! (Il jette la demande au panier.) Mauvais employé... sans talent.. sans capacité... c'est dommage, pourtant... Madame Poupardin est une petite femme bien intéressante!.. Mais aussi ne pas même s'apercevoir que je l'ai distinguée!.. c'est trop maladroit!.. Allons, n'y pensons plus! (Ouvrant une enveloppe.) Ah! voici une dépêche importante, ce sont mes billets de bal d'Opéra pour ce soir. Cette petite Camélia veut absolu-ment que je l'y conduise... Au fait... ce pauvre ange!.. je lui dois bien ce dédommagement! Je lui fais tant d'infidélités! (À Antoine qui rentre.) Antoine?.. ma perruque?

ANTOINE, donnant un dernier coup de peigne à la perruque.

Voilà la forêt de cheveux d'ébène.

SAINT-LÉON.

Dépêchons, dépêchons, car je suis en retard.

(Il s'assied et ôte son bonnet, et découvre une tête presqu'entièrement dégarnie de cheveux.)

ANTOINE, à part.

Quel beau genou!

(Il se prépare à poser la perruque.)

POUPARDIN, en dehors.

Je vous dis, Joseph, que Monsieur le direc-teur-général m'a autorisé...

ANTOINE, la perruque à la main.

Qui est-ce qui se permet?

SAINT-LÉON.

Je n'y suis pas, Antoine, vous entendez, que je n'y suis pour personne.

(Poupardin a paru au fond; il est en uniforme.)

POUPARDIN, ébahi, à part.

Que vois-je!

SAINT-LÉON, à part.

Je suis perdu de réputation!

POUPARDIN, à part.

C'est un lion sans crinière!

(Il s'approche en saluant.)

SCÈNE XI.

POUPARDIN, SAINT-LÉON.

(Antoine est reparti avec la perruque; Saint-Léon cherche partout son bonnet; et pour cacher son front chauve il met ses deux mains sur sa tête.)

SAINT-LÉON, exaspéré.

Monsieur, on ne surprend pas son supérieur dans un pareil état... c'est un abus de confiance!

POUPARDIN.

Monsieur le directeur-général oublie qu'il m'avait autorisé à venir chercher, ce matin, une réponse, et bien que je sois de garde, j'ai voulu avant d'aller remplir mes devoirs de citoyen...

SAINT-LÉON, cherchant toujours son bonnet.

Je trouve, moi, Monsieur, que vous êtes bien souvent de garde.

POUPARDIN.

Il me semble que le service...

SAINT-LÉON, à part.

Enfin j'ai retrouvé mon bonnet! (Il se couvre.) Je suis fâché de vous le dire, mais il y a depuis quelque temps des négligences inconcevables dans votre travail.

POUPARDIN, étonné.

Dans mon travail!.. (A part.) Je n'ai rien fait depuis quinze jours!

SAINT-LÉON.

Et votre dernier rapport...

POUPARDIN.

Eh bien?..

SAINT-LÉON.

Eh bien... passez-moi le mot,.. il était absurde!

POUPARDIN.

Absurde!.. (A part.) Il est encore sur mon bureau... D'où peut donc venir le galop monstre dont je suis l'objet...

SAINT-LÉON.

Et quant à votre demande pour la place en question...

POUPARDIN.

J'espère, Monsieur, que mes vertus domestiques...

SAINT-LÉON.

C'est le conseil qui prononcera... Je n'ai aucune influence.

POUPARDIN, à part.

C'est lui qui fait tout!

SAINT-LÉON.

Et d'ailleurs je n'écouterai que la voix de la justice.

POUPARDIN, à part.

Il parle justice!.. Je suis enfoncé!

SCÈNE XII.

LES MÊMES, ANTOINE.

SAINT-LÉON.

Qu'est-ce, Antoine?

ANTOINE, mystérieusement.

Monsieur, c'est une dame voilée...

POUPARDIN, à part.

Une dame!..

(Il lève les épaules.)

ANTOINE.

Elle attend dans le petit salon.

SAINT-LÉON, à part.

C'est madame Dubruel... la céleste Emma. (Haut.) Il faut la faire entrer ici... la prier d'attendre,.. le temps seulement de m'adoniser.

POUPARDIN.

Monsieur... s'il est permis à un citoyen honorable de tenter un dernier effort...

SAINT-LÉON.

M. Poupardin... ne cherchez pas à m'influencer... ou je regarderai cette insistance comme une injure personnelle.

(Il sort.)

SCÈNE XIII.

POUPARDIN, ANTOINE; puis, CAROLINE.

POUPARDIN.

Soyez donc vertueux, irréprochable... pur et bête comme Scipion l'Africain!..

ANTOINE, s'approchant très poliment de Poupardin pour l'engager à se retirer.

Allons, monsieur Poupardin, allons...

POUPARDIN, changeant de ton.

C'est une solliciteuse, n'est-ce pas?

ANTOINE.

Parbleu!.. il en vient tous les jours!

(Il traverse le théâtre pour aller ouvrir.)

POUPARDIN.

Ah! fuyons ce repaire!.. (Il va vers le fond, et sur le point de sortir il s'arrête.) J'ai bien envie de voir...

ANTOINE, qui a ouvert la porte à gauche.

Entrez, Madame.

(Caroline entre; elle a son voile baissé; à la vue de son mari elle ressort vivement.)

POUPARDIN, à part.

Encore le camail, et le chapeau neuf!.. O siècle de perdition!

ANTOINE, bas.

Vous la connaissez?

POUPARDIN, de même.

Parbleu! comme c'est difficile... cette toilette mystérieuse et assassine... c'est la femme de mon concurrent.

ANTOINE.

Madame Dubruel!

POUPARDIN, à part.

Oh! le malheureux!.. il sera nommé!

(Il sort vivement par le fond.)

SCÈNE XIV.

ANTOINE, CAROLINE.

ANTOINE, à part, en riant.

Ce pauvre M. Dubruel...

CAROLINE, après avoir regardé de côté-et-d'autre, elle lève son voile.

Antoine , me reconnaissez-vous ?

ANTOINE, étonné.

Madame Poupardin !

CAROLINE.

Oui , Antoine , la femme de celui auquel, je crois, vous devez votre place.

ANTOINE.

Certainement , et une bonne place... une très bonne place... sans compter les profits quand il se trouve que quelqu'un a besoin de mon petit ministère.

CAROLINE.

Je me trouve précisément dans cette position.

ANTOINE, à part.

Bon !

CAROLINE.

Et je ne serai pas ingrate si vous consentez à me seconder.

ANTOINE.

Vous seconder ?.. mais en quoi, Madame ?

CAROLINE.

D'abord, me garder le secret. Monsieur Poupardin doit toujours ignorer la démarche que je fais en ce moment.

ANTOINE, à part.

Je crois bien... le pauvre cher homme ! (Haut.) Certainement, Madame, la reconnaissance... le plaisir de vous obliger... mais enfin, je voudrais bien être un peu au fait... vu que Monsieur Poupardin... un chef !..

CAROLINE.

Qu'il vous suffise de savoir que c'est pour lui.. pour son bonheur que je viens ici.

ANTOINE.

Et Madame veut lui cacher son bonheur... comme de juste !

CAROLINE.

Je veux réussir où il a échoué... Je veux l'emporter sur une femme dont la faveur me rend jalouse, dont la coquetterie fait mon désespoir !

ANTOINE.

Dame... ça serait beau !.. mais c'est dangereux !

CAROLINE, souriant.

Oh ! j'ai du courage !

ANTOINE.

Monsieur passe pour un homme fièrement entrepreneur...

CAROLINE.

Oui , mais avec un peu d'adresse et de présence d'esprit...

ANTOINE.

Ainsi vous ne craignez pas ?..

CAROLINE.

Je ne crains rien, si vous êtes mon allié.

ANTOINE.

Eh bien ! ma foi... au petit bonheur !.. Qu'est-ce qu'il faut faire ?

CAROLINE.

Vous avez de l'intelligence ?.. Écoutez bien,

SAINT-LÉON, dans la coulisse.

Antoine !.. Antoine !

ANTOINE.

Silence... Voilà Monsieur !

CAROLINE , vite.

Quelques mots suffiront.

(Pendant qu'elle lui parle bas il remonte la scène. Le directeur-général entre à droite.)

ANTOINE, bas.

J'ai compris. (Haut.) Monsieur le directeur-général !

(Il sort. Caroline a rebaissé son voile comme si elle arrivait.)

━━━━━━━━━━━━━━━━━━━━━━━━━━━━

SCÈNE XV.

CAROLINE , SAINT-LÉON. Il est en grande toilette, formes élégantes ; cheveux et favoris noirs.

SAINT-LÉON , à part.

Je me crois assez chevelu comme ça !

CAROLINE , à part.

Allons , du courage !

SAINT-LÉON.

Pardon... mille fois pardon de vous avoir fait attendre... divine Emma...

CAROLINE , levant son voile.

Mais, Monsieur, je ne m'appelle pas Emma... je me nomme Caroline.

SAINT-LÉON.

Vous ici, Madame... Ah ! quelle aimable surprise !

CAROLINE.

Surprise... en effet... car cette erreur de nom... Je dérange peut-être monsieur le directeur-général ?

SAINT-LÉON.

Me déranger !.. mais, au contraire.

CAROLINE.

C'est que l'on m'a parlé d'une assemblée d'actionnaires...

SAINT-LÉON.

Les actionnaires !.. Ils attendront... ils en ont l'habitude !

Air : Ce joli galant.

De ces messieurs c'est l'état, de nos jours,
On les amuse avec de beaux discours;
Ils attendent... un peu, pour de simples demandes ;
S'ils veulent adresser de vérités réprimandes ;
Ils attendent beaucoup... et, quant aux dividendes,
Ils attendent toujours !

CAROLINE.

Et moi, est-ce que j'attendrai aussi bien longtemps ?

SAINT-LÉON.

Attendre ! vous ?.. mais pourquoi donc ?

CAROLINE.

Il y a dans l'administration que vous dirigez si habilement , une place vacante... et... mon mari...

SAINT-LÉON, à part.

Nous y voilà !

CAROLINE.

Vous ne me répondez pas ?

SAINT-LÉON.

Ma réponse est prête, au contraire... Mais avant de parler de votre mari, permettez, Madame, que je vous parle un peu de vous... et de moi.

CAROLINE, à part.

Voici le moment critique !

SAINT-LÉON.

Avez-vous oublié que chez vous, d'où votre froideur m'a chassé, je vous ai vingt fois parlé de mon amour.

CAROLINE.

Je ne m'en souvenais pas.

SAINT-LÉON.

Eh bien ! permettez que je vous le rappelle, et puisque nous sommes seuls...

SCÈNE XVI.

LES MÊMES, ANTOINE.

ANTOINE, entrant.

Monsieur a sonné ?

SAINT-LÉON, avec humeur.

Eh ! non... je n'ai pas sonné. Vous êtes d'une maladresse !

ANTOINE.

Excusez, Monsieur... je croyais...

SAINT-LÉON.

Sortez !.. je n'ai pas besoin de vous !

(Antoine sort en échangeant un regard avec Caroline.)

SCÈNE XVII.

CAROLINE, SAINT-LÉON.

SAINT-LÉON.

Interrompre une conversation si intéressante, quand je vous parlais de ma tendresse.

CAROLINE.

Du tout, nous parlions de mon mari.

SAINT-LÉON.

Vous croyez ?

CAROLINE.

Me refuserez-vous cette place d'inspecteur qu'il attend depuis si long-temps ?

SAINT-LÉON.

Je suis désolé... désespéré... la nomination est signée. (Il lui montre un papier.) Voyez vous-même.

CAROLINE.

M. Dubruel ! (Se remettant.) Elle est signée, oui, mais elle n'est pas encore envoyée...

SAINT-LÉON.

Elle va partir !

CAROLINE, le regardant avec coquetterie.

A moins qu'on ne la déchire. (Elle fait le geste.) Qu'en pensez-vous ?

SAINT-LÉON.

Arrêtez, Madame, arrêtez... Comme vous êtes vive !.. Savez-vous que Monsieur Dubruel est un homme d'un grand talent... d'une haute capacité !

CAROLINE.

Fort bien, monsieur... J'ai pu croire un moment que vous portiez quelque intérêt à notre famille, où tout le monde aimait à vous voir... mais je me suis abusée bien cruellement, et je n'ai plus qu'à me retirer...

(Elle lui présente le papier et va pour sortir.)

SAINT-LÉON.

Mais, non... non, Madame, attendez donc... donnez-moi le temps de réfléchir... Un emploi si important... on peut y regarder à deux fois...

CAROLINE.

Vraiment ?

SAINT-LÉON.

Surtout si quelque parole suave échappée de votre bouche...

CAROLINE.

Ah ! Monsieur, que me demandez-vous ! Ne dois-je pas regretter au contraire d'en avoir déjà trop dit ?

SAINT-LÉON.

Air du Charlatanisme.

Eh bien, non ! je suis un ingrat !..
Pas un mot, pas un regard même,
C'est un aveu plus délicat...
Ne me dites pas... Je vous aime !

CAROLINE, baissant les yeux.

Je me tais !

SAINT-LÉON.

Jour trois fois heureux !
Ce n'est pas de l'indifférence.
La belle répond à mes vœux...
Elle se tait... elle baisse les yeux !..
Le silence a tant d'éloquence !

Même air.

(En se rapprochant.)

A votre tour, devinez-vous
Dans mon tendre et muet langage,
Ce qui doit d'un accord si doux
Entre nous devenir le gage ?

CAROLINE.

Oui, votre regard me suffit,
Et je vous ai compris, je pense.

(Elle déchire la nomination.)

SAINT-LÉON.

Quoi !.. vous déchirez cet écrit !..
Et cependant je n'ai rien dit !..

CAROLINE.

Le silence a tant d'éloquence.

SAINT-LÉON.

Au moins, que cette main si coupable me soit abandonnée en retour, et que j'y dépose un amoureux baiser.

CAROLINE, regardant du côté de la porte du fond.

Vous êtes si bon... Je craindrais... Allons... puisque vous le voulez... voilà ma main.

(Le directeur-général va pour la lui baiser.)

SCENE XVIII.

LES MÊMES, ANTOINE.

ANTOINE, un plateau à la main.

Le déjeuner de M. le Directeur-général.

(Caroline rit à part.)

SAINT-LÉON, en colère.

Encore ! Je n'ai pas faim, je n'ai jamais faim !.. Vous êtes un sot !

ANTOINE.

Dame !.. moi, comme c'est l'heure... je croyais...

SAINT-LÉON.

Sortez !.. ou je vous chasse !

(Antoine sort de nouveau en faisant des signes à Caroline ; mais le Directeur les surprend.)

SAINT-LÉON, à part.

Des signes d'intelligence !.. Est-ce qu'on me prendrait pour un actionnaire ? Assurons-nous du fait.

(Il va à son bureau.)

CAROLINE.

Qu'écrivez-vous donc ?

SAINT-LÉON.

Je veux vous donner une preuve parlante de ma tendresse. (Lui montrant le papier qu'il a écrit.) Regardez, Madame.

CAROLINE.

La nomination de mon mari !

SAINT-LÉON.

Puisque vous avez déchiré l'autre.

CAROLINE.

Ah ! que vous êtes bon !..

SAINT-LÉON, se levant.

Merci !.. Vous me l'avez déjà dit que j'étais très bon ; mais comme je tremble, pour votre réputation, de vous demander ici, à cause de ce garçon indiscret, un seul mot d'encouragement, je veux ajouter à mon bonheur le charme du mystère.

CAROLINE.

Je ne vous comprends plus.

SAINT-LÉON.

Ce papier... je vous le remettrai ce soir.

CAROLINE.

Mais où donc ?..

SAINT-LÉON.

Au bal de l'Opéra. Ma voiture sera à votre porte à minuit, et, à une heure, je vous attendrai sous l'horloge.

CAROLINE, à part.

Il a des soupçons !

SAINT-LÉON.

Eh bien !.. vous hésitez ?

CAROLINE.

Oh ! non, Monsieur, je ne puis... je n'oserai jamais.

ANTOINE, annonçant.

Mme Dubruel !

CAROLINE, à part.

Ah ! mon Dieu !

SAINT-LÉON, bas.

Faut-il la recevoir ?.. Viendrez-vous au bal ?

CAROLINE, à part.

Si je le refuse, tout est perdu !

SAINT-LÉON.

Eh bien ?..

CAROLINE.

J'irai !

ANTOINE, au fond.

Que faut-il dire à Mme Dubruel ?

SAINT-LÉON.

Dites que je n'y suis pas !

(Antoine sort un instant.)

CAROLINE.

Oh ! merci... mille fois merci !

SAINT-LÉON.

Air de Paris la nuit.

Ce mot, plein d'espérance,
Me promet le bonheur,
Car la reconnaissance
Est le chemin du cœur !

CAROLINE, à part, en baissant son voile.

De tromper le perfide,
Cherchons bien le moyen.

SAINT-LÉON, à part.

Cette beauté timide,
Je crois que je la tiens !..

ANTOINE, qui vient de rentrer, à part, sur l'avant-scène, à mi-voix.

Et voilà, bons badauds,
Les myster's des bureaux !

(Caroline sort, reconduit par le Directeur-général.)

FIN DU PREMIER ACTE.

ACTE II.

TROISIEME TABLEAU.

Un atelier de couturière. Entrée principale au fond. A gauche, une seconde entrée. A droite, une porte et une psyché.

SCÈNE I.

CAMÉLIA, Ouvrières, CONSTANCE.

CHŒUR.

Air des Fileuses.

Qu'ici, l'aiguille légère,
S' distingue à chaque instant!
Plus d'une beauté pour plaire,
Compte sur votre talent.
notre.

CAMÉLIA.

Surtout, sachez bien vous taire
Sur mille petits secrets!
Et respectez le mystère
Des robes et des corsets.

REPRISE DU CHŒUR.

Qu'ici l'aiguille, etc., etc.

CAMÉLIA, à une ouvrière qui rentre avec un paquet.

Ah! vous voilà, Constance? Que vous a-dit Mᵐᵉ la Marquise?

CONSTANCE.

Elle n'est pas contente de sa hanche droite... elle trouve qu'elle creuse.

CAMÉLIA.

C'est bien... on la garnira.
(On sonne.)

CONSTANCE, qui a été ouvrir.

Mademoiselle c'est cette dame anglaise nouvellement arrivée de Londres et qui veut se mettre à la mode de Paris.

CAMÉLIA.

Priez Milady d'entrer.

●●●●●●●●●●●●●●●●●●●●●●●●●●●●●●●●●●●●●

SCÈNE II.

LES MÊMES, UNE DAME ANGLAISE, entrant par la gauche.

(Sa taille est extrêmement élancée, et sa robe faite en fourreau. Les ouvrières rient en la voyant marcher et faire un salut tout d'une pièce.)

CAMÉLIA.

Si Milady veut passer dans le magasin, tout est préparé. Constance, accompagnez Madame.
(La dame anglaise entre à droite avec Constance.)

CAMÉLIA.

Ne riez pas, Mesdemoiselles, ce sont ces tailles en fourreau de parapluie qui font notre for-

tune... Allez donc fermer la porte, Julie, Constance l'a laissée ouverte.

●●

SCÈNE III.

LES MÊMES, DUBRUEL, grotesquement mis et entrant par le fond.

DUBRUEL.

Mademoiselle Camélia, s'il vous plaît?

CAMÉLIA.

C'est moi, Monsieur.

DUBRUEL.

Mademoiselle, je suis le mari de Mᵐᵉ Dubruel, et je viens payer le mémoire de ma femme...

CAMÉLIA.

Monsieur, le voici tout acquitté.

DUBRUEL.

Comment!.. si peu... pour de si riches toilettes!

CAMÉLIA.

Je travaille toujours en conscience.

DUBRUEL, donnant de l'or.

Voilà, Mademoiselle, voilà... Je vous enverrai bien certainement des pratiques.

CAMÉLIA, saluant.

Monsieur!

DUBRUEL, à part.

J'espère que j'ai une femme économe.
(Il salue et sort.)

CAMÉLIA, à part.

Vieille bête, va!
(On sonne à gauche, elle va ouvrir.)

●●●

SCÈNE IV.

LES MÊMES, ALFRED, entrant par la gauche.

ALFRED.

Mademoiselle Camélia; s'il vous plaît?

CAMÉLIA.

Votre servante Monsieur.

ALFRED.

Mademoiselle, je me nomme Alfred.

CAMÉLIA.

C'est un joli nom.

ALFRED.

Je suis le petit cousin de Mᵐᵉ Dubruel, et je viens acquitter son mémoire.

CAMÉLIA.

Ah! bon, je sais!.. (Les ouvrières rient à part.) Le voici, M. Alfred.

ALFRED, regardant la note.

Le prix me paraît bien' élevé, Mademoiselle.

CAMÉLIA.

Je travaille toujours en conscience.

ALFRED, en soupirant.

Enfin ! (Donnant un billet de banque.) Voici la somme, Mademoiselle !. Surtout de la discrétion, je vous en prie.

CAMÉLIA.

Nous sommes toutes muettes.

ALFRED, saluant.

Mademoiselle !

CAMÉLIA, de même.

Monsieur !

ALFRED, à part.

J'ai une cousine bien prodigue !

(Il sort par la gauche.)

(En ce moment Constance rentre avec la dame anglaise; cette dernière a une robe à la mode avec une tournure très développée.)

CAMÉLIA.

J'espère que Milady sera contente.

LA DAME ANGLAISE.

Oh ! yes... yes !.. bonjor.

(Elle sort par le fond.)

CAMÉLIA.

Mesdemoiselles, vous pouvez aller dîner... et surtout ne riez pas comme ça, vous finiriez par me ruiner.

CHŒUR.

Air précédent.

Surtout sachons, bien nous taire,
Sur mille petits secrets !
Et respectons les mystère
Des robes et des corsets.

(Les ouvrières se lèvent et sortent par le fond.)

SCÈNE V.

CAMÉLIA, seule.

Deux heures !.. Il me semble que M. de Saint-Léon se fait attendre aujourd'hui.... ah !.. j'entends une voiture... c'est peut-être son coupé !.. (Elle s'approche de la fenêtre et regarde.) Non... c'est un fiacre.

CONSTANCE, au fond, introduisant Caroline.

Mademoiselle est dans l'atelier... Si Madame veut entrer.

(Caroline entre, Constance sort.)

SCÈNE VI.

CAMÉLIA, CAROLINE.

CAMÉLIA.

Que désire Madame ?

CAROLINE.

Mademoiselle, je venais vous prier... Ah ! mon Dieu !..

CAMÉLIA.

Caroline !

CAROLINE.

Je ne me trompe pas, Amélie !..

CAMÉLIA.

Ton ancienne amie de pension, aujourd'hui Camélia, artiste à la mode, oui ma chère, c'est bien moi.

CAROLINE.

Si je m'attendais à la rencontre...

CAMÉLIA.

Elle t'étonne... je conçois ça... Toutes nos camarades sont devenues des rentières, des baronnes, des banquières; moi seule, qui n'avais pas de dot, je suis restée couturière.

CAROLINE.

Et demoiselle ?

CAMÉLIA.

Je ne me suis pas mariée.

CAROLINE.

Moi, j'ai épousé une place honorable, quarante-cinq ans et des revenus bien assurés.

CAMÉLIA.

Tu es bien heureuse.

CAROLINE.

M. Poupardin n'est pas un adonis, mais il est bon... fidèle... c'est quelque chose.

CAMÉLIA, faisant la révérence.

Qu'y a-t-il pour le service de M⁰ᵉ Poupardin ?

CAROLINE.

Ma chère Camélia, j'ai besoin pour ce soir d'un délicieux domino.

CAMÉLIA.

Tu vas à l'Opéra ?

CAROLINE.

A l'insu de mon mari.

CAMÉLIA.

Infortuné Poupardin !

CAROLINE.

Ne te hâte pas de le plaindre, car la personne qui m'accompagne peut beaucoup pour son avancement.

CAMÉLIA.

Ah ! ça s'appelle de l'avancement aujourd'hui ?

CAROLINE.

Tu comprends que dans l'intérêt de mon mari j'ai tenu à m'adresser à la couturière en vogue...

CAMÉLIA.

Tu as bien fait... et même, si tu as besoin ce soir de mes services...

CAROLINE.

Tu iras donc aussi ?

CAMÉLIA.

Je n'en manque pas un !.. Oh ! j'ai des cavaliers, sois tranquille; aujourd'hui, par exemple, je ne sais auquel donner la préférence : je flotte entre deux soupirans. L'un deux est un personnage très haut placé... que je ne puis nommer. Il m'adore... il est plein d'égards... d'attentions délicates... il a un coupé !

CAROLINE.

Un coupé !

CAMÉLIA.

Oh ! ça flatte, je ne dis pas non; mais je crois

que je finirai par me faire une raison. Oui, ma chère, quand on a connu les orages du cœur il faut fuir les attaches passagères... Je veux me marier!

CAROLINE.

Tu feras bien!

CAMÉLIA.

C'est ce qui donne des chances à l'autre... Le second... M. Charlemagne, un célibataire entre deux âges... et fort à son aise... un mouton pour la douceur... Il m'adore aussi!..

CAROLINE.

Et toi, l'aimes-tu?

CAMÉLIA.

Ma chère, une femme bien née finit toujours par aimer 6,000 livres de rente. (On frappe à la porte.) Entrez!

SCÈNE VII.

LES MÊMES, ANTOINE, vêtu en groom.

CAMÉLIA.

Ah! c'est un message.

CAROLINE, à part.

Antoine ici!.. que signifie...

ANTOINE, à part.

Mme Poupardin chez la couturière... ah! diable! (Haut.) Mademoiselle, c'est une lettre de Monsieur.

CAROLINE, à part.

Il lui écrit!

ANTOINE, à Camélia, en lui faisant des signes. C'est une commande.

CAMÉLIA, à part.

Une commande!.. Ah! je comprends... à cause du monde.

ANTOINE.

Une commande pour la tante de Monsieur.

CAMÉLIA.

Ah! je sais ce que c'est, donnez.

(Elle prend la lettre et la met dans sa poche.)

CAROLINE.

Mais Antoine, plus je vous regarde...

CAMÉLIA, à part.

Tiens... elle le connaît!

ANTOINE.

Ah! je conçois, Madame est étonnée de la métamorphose?.. c'est Monsieur qui a inventé ça... parce que Monsieur dépense beaucoup, mais il y a des dépenses qui ne lui coûtent rien... Par exemple, pour l'usage particulier de Monsieur, il y a le marchand de bois de l'administration... les bougies de l'administration... pour le coupé de Monsieur, le cheval de l'administration; pour le groom de Monsieur, le garçon de bureau de l'administration...

CAMÉLIA.

Antoine, vous êtes un bavard... Il n'y a pas de réponse?

ANTOINE.

Non, Mamzelle, il n'y a pas de réponse. (A part.) Pourvu qu'elles ne se fassent pas de confi-

dences!.. Ah! ma foi! tant pire!.. Je vais me remettre en garçon de bureau!

(Il sort.)

SCÈNE VIII.

CAMÉLIA, CAROLINE.

CAMÉLIA, ouvrant la lettre.

Ce sont mes billets de bal.... Non.... rien... (Lisant.) «Ma toute belle, je suis au désespoir... Je ne pourrai vous conduire ce soir au bal, un travail d'urgence me force de passer la nuit à mon bureau.» (S'interrompant.) Eh bien! c'est amusant. (Achevant de lire.) « Votre affligé vicomte de Saint-Léon.

CAROLINE.

M. de Saint-Léon, le directeur-général?

CAMÉLIA.

Eh bien! oui... Pourquoi?

CAROLINE.

Ah! ma pauvre Camélia... mais c'est le protecteur de mon mari...

CAMÉLIA.

Celui qui doit te mener à l'Opéra?

CAROLINE.

Lui-même.

CAMÉLIA.

Ah! le gueux!.. le bédouin!.. Je suis humiliée dans ma fierté!

CAROLINE, riant.

Sois tranquille, va... je ne veux pas te l'enlever.

CAMÉLIA.

Eh bien! puisqu'il me plante là... je donne la préférence à M. Charlemagne...

(On frappe.)

CAROLINE.

Tiens, voilà encore une pratique qui t'arrive.

CAMÉLIA.

Ah! ne m'en parle pas... j'en ai trop, ça m'ennuie.

CAROLINE.

Voilà comme elles sont toutes quand elles ont la vogue.

CAMÉLIA, à Caroline.

Viens choisir ton domino. (On frappe de nouveau.) Entrez!.. et attendez!

(Elle sort avec Caroline par la droite. Au même instant la porte du fond s'entr'ouvre et Poupardin passe la tête. Puis il entre avec mystère.)

SCÈNE IX.

POUPARDIN, seul; il a quitté son uniforme; et sa toilette est recherchée et ridiculement prétentieuse.

Oui, oui, céleste couturière, on attendra, on attendra tant que tu voudras... pourvu que ce ne soit pas trop long-temps! Ah! j'ai donc pu me débarrasser, chez mon tailleur, de mes ornemens militaires et me présenter civilemen chez la divine Camélia! (Riant.) Et ma femme qui me croit de garde !.. et mon chef qui me suppose de planton ! Poupardin, vous êtes un grand misérable !.. vous êtes un astucieux coquin, M. Poupardin !.. (Regardant autour de lui.) Mais qu'est-ce que je dis là?.. quel imprudent monologue!.. Songeons qu'ici je suis célibataire. En voilà encore une que j'abuse !.. Je sais bien que jusqu'ici je n'ai obtenu qu'un rendez-vous et deux soufflets; mais aujourd'hui je la subjugue... j'ai acheté un argument qui doit me rendre très persuasif. (Se regardant dans la glace.) Sans compter les agréments de mon individualité... Je suis content de mon paletot, je suis content de mon gilet, je suis content de ma cravate... je suis content de moi... mais bien content, très content !

(Il continue à s'ajuster devant la glace.)

SCÈNE X.

POUPARDIN, CAMÉLIA, CAROLINE, tenant à la main un domino rose.

CAMÉLIA, entrant la première, à Caroline qui la suit.

Il te va comme s'il avait été fait pour toi et...

CAROLINE.

Un étranger !..

(Elle se cache derrière la psyché; le bruit fait retourner Poupardin.)

CAMÉLIA.

Tiens !.. vous voilà, M. Charlemagne?

CAROLINE, à part.

Ah ! c'est l'autre... le célibataire.

CAMÉLIA.

Je ne pouvais pas manquer de vous voir aujourd'hui... J'ai rêvé toute la nuit du valet de cœur.

POUPARDIN.

Adorable !.. vous permettez!

(Il lui baise la main.)

CAROLINE, à part.

Mon mari!.. en bourgeois !

CAMÉLIA, à part.

Je ne suis pas fâchée que Caroline le voie.

CAROLINE, à part.

Ah! contenons-nous, et sachons à quoi nous en tenir.

POUPARDIN.

Belle Camélia!.. que diriez-vous si l'on avait pensé à votre fête?..

CAMÉLIA.

A ma fête !..

CAROLINE, à part.

Il ne pense jamais à la mienne.

POUPARDIN.

Si votre petit Charlemagne vous avait ménagé une surprise.

CAMÉLIA.

Oh! ça serait bien gentil de votre part.... J'aime beaucoup à être surprise.

POUPARDIN.

Voilà... vous savez ce cachemire...

CAROLINE, à part.

Un cachemire...

POUPARDIN.

Ce magnifique sept-quarts que vous avez remarqué au Minaret le soir où j'eus le bonheur de vous accompagner aux Variétés...

CAROLINE.

Ils sont allés aux Variétés.

CAMÉLIA.

Eh bien?..

POUPARDIN.

C'est lui qui désormais protègera contre le froid vos charmantes épaules.

CAROLINE, avec indignation.

Il lui donne un cachemire...

CAMÉLIA.

Ah! Charlemagne... c'est une folie... Vous dites qu'il a sept quarts ?

POUPARDIN.

Pleins !.. D'ailleurs, vous pourrez en juger vous-même.

CAMÉLIA.

Vrai?.. On va l'apporter ?

POUPARDIN.

Non, mais consentez à m'accompagner cette nuit à l'Opéra; et c'est moi qui draperai le tissu indien sur cette taille enchanteresse.

CAROLINE, à part.

Épousez donc un vieux mari !

POUPARDIN.

Adieu, étoile de ma vie!.. ma fortune, mon trésor... Je vais retenir une loge, et à minuit je vous envoie une citadine.

CAMÉLIA, à part.

L'autre avait un coupé !.. Ah! bast!..

(Haut.)

AIR : Vite un petit souper.

Déjà j'entends du bal
Le doux signal,
Déjà je danse !

POUPARDIN.

Je dévore d'avance
Le fin souper après le bal !

CAMÉLIA.

Charlemagne, je vous estime
Mais pas de traits de trahison...
Je serai votre légitime?..

POUPARDIN.

Aussi vrai que je suis garçon...

REPRISE ENSEMBLE.

CAMÉLIA et POUPARDIN.

Déjà j'entends du bal, etc., etc.

CAROLINE, à part.

Du bal,
Comme immoral,
A mpi sa femme il fait défense;
Avec une autre il danse
Et va souper après le bal !

(Poupardin sort accompagné par Camélia.)

CAROLINE.

Ah! j'étouffe!.. je suffoque!

(Elle tombe sur une chaise à droite.)

~~~~~~

SCÈNE XI.

CAMÉLIA, CAROLINE.

CAMÉLIA.

Allons, décidément ça doit être un très bon
mari... Hein!.. tu l'as entendu, Caroline?.. Ah!
mon Dieu... elle se trouve mal... Caroline!..
CAROLINE, se relevant tout-à-coup et prenant Camélia par la main.
Folle que tu es!.. il te trompe, il t'abuse...

CAMÉLIA.

Charlemagne?.. mon célibataire?

CAROLINE.

Lui, célibataire!

CAMÉLIA.

Est-ce qu'il serait en puissance de femme?

CAROLINE.

C'est M. Poupardin!

CAMÉLIA.

Ton mari!.. Ah! (Elle tombe sur une chaise à
gauche, mais elle se relève aussitôt.) Non, au fait,
je ne me trouverai pas mal! c'est bête!.. Et de
deux!...

CAROLINE, indignée.

Ah! les hommes!..

CAMÉLIA.

Les hommes?.. ils méritent tous les menottes!

CAROLINE.

Quand je pense que pour lui j'allais m'expo-
ser... (Après un moment de réflexion.) Eh bien!
il l'aura sa place!.. mais il me la paëira!

CAMÉLIA.

Quel est ton plan?

CAROLINE.

Je n'en ai pas encore.... mais nous sommes
deux femmes contre deux hommes, et je compte
sur toi.

CAMÉLIA, lui donnant la main.

Ça y est! soutenons l'honneur du corps... ju-
rons de sauver la patrie!

ENSEMBLE.

Air des Diamans de la couronne.

Unissons-nous, serrons nos rangs!
De nos trompeurs, de nos tyrans,
Sans pitié vengeons-nous,
Il n'est pas de plaisir plus doux!

(Le rideau baisse.)

QUATRIÈME TABLEAU.

Le boulevart, devant la galerie de l'Opéra. Il est onze heures et demie du soir. Quelques passans vont
et viennent sur le boulevart, ou entrent dans le passage. Des décrotteurs avec leurs petites boîtes et
leurs chandelles sont placés devant les maisons. La bouquetière est à l'angle du passage, contre la
boutique du marchand de vin.

SCÈNE XII.

POMPON, RÉGULUS; puis, LIBERTÉ, ensuite
POUPARDIN, DÉCROTTEURS, PASSANS.

ENSEMBLE.

LES DÉCROTTEURS.

Faites-vous cirer, mon bourgeois, vernis anglais!

RÉGULUS.

Des billets de bal, billets d'Opéra!

POMPON.

Fleurissez-vous, Messieurs, Mesdames.

(Un monsieur s'approche de la bouquetière et lui
achète un bouquet. Régulus vend un billet de
bal.)

LIBERTÉ, arrivant de la gauche en faisant jouer
ses bras pour se réchauffer.

Hélas! elle a fui comme un ongle.
En me disant: Je vas r'venir.
Elle m'a dit.

(Il s'interrompt pour s'adresser à Poupardin qui
entre.)

Une voiture là, mon bourgeois... un milord?

POUPARDIN.

Non, une citadine.

LIBERTÉ, criant.

Eh! Bibi, oh! hé!.. avance ta boîte! (A Poupardin.) C'est un fameux cocher, allez, que Bibi...
c'est un ancien... même qu'il a servi dans la
garde sous Louis XIV, un romain qui est établi
sur la place Victoire.

POUPARDIN.

C'est bien... c'est bien... je ne suis point ici
pour m'occuper de l'histoire de France.

LE COCHER, entrant.

V'là, not' mait'... C'est-y à la course?

POUPARDIN.

Non, tu vas aller rue Richelieu, 35... tu de-
manderas la dame du premier, et tu la conduiras
à l'Opéra... Tiens, voilà 5 francs.

LE COCHER.

V'là mon numéro, not' mait'!

(Il sort.)

LIBERTÉ.

File, Bibi!.. (A Poupardin, en ôtant sa casquette.)
N'oubliez pas le commissionnaire, mon citoyen...
Liberté dit Jambe d'argent, pour vous servir.

POUPARDIN.

Tiens!

(Il lui donne trois sous.)

LIBERTÉ.

Trois pierrots! j' vas boire un canon à vos amours.

O Mathilde, idole de mon ambe!..

(Il entre chez le marchand de vin.)

POUPARDIN.

Maintenant, allons chercher une loge et fumer un cigare... ça donne un petit parfum de jeune homme... c'est gentil...

(Il entre dans le passage.)

LES DÉCROTTEURS.

Faites-vous veruir... cirage anglais!

POMPON, se levant.

Eh bien! M. Régulus, ça va-t-il les billets d'Opéra?

RÉGULUS.

A mort!.. Je ferai ce soir mes 35 balles de bénef... c'est chouettard!

POMPON.

Vous devez amasser des rentes à ce commerce-là!

RÉGULUS.

J'en ai le traque!.. Je suis déjà couché tout au long sur le grand livre, et j'espère bien devenir un jour électeur et maire de ma commune... Je ferai des rosières...

POMPON.

Je me recommande à vous.

RÉGULUS.

Des mariages...

POMPON.

Ça sera une occasion pour penser au nôtre.

RÉGULUS.

Nous en reparlerons à Pâques... Ah! ça, et les bouquets?.. il me semble que ça donne un peu ce soir.

POMPON.

Ah! dame, oui... j'ai pas seulement le temps de respirer.

RÉGULUS.

V'là qui est cocasse... Ça n'allait pas du tout pendant les premiers bals, et tout d'un coup... v'lan...

POMPON.

La foule arrive!..

RÉGULUS.

Qué qu' vous avez donc fait pour ça?

POMPON.

Ah! c'est mon secret. Il y a pas encore long-temps, il suffisait qu'une bouquetière n' soit pas trop mal pour qu'elle fasse ses affaires... L' monde était galant... mais aujourd'hui c'est plus ça... le siècle est devenu d'un pingre...

RÉGULUS.

C'est un vieux panné, vot' siècle... pas l' journal...

POMPON.

Mes roses, mes violettes de Parme se fanaient une à une... j' me ruinais, quoi!.. et dame... quand on n'a qu' ses fleurs pour vivre...

RÉGULUS.

C'est un triste béquillage.

POMPON.

Heureusement il me pousse une inspiration...

et un beau soir je me munis d'un domino...

RÉGULUS.

Un jeu de dominos?

POMPON.

Non... un costume... Je vais à l'Opéra!

RÉGULUS.

Au bal...

POMPON.

En plein... et une fois là... dame... on a une tournure... on me r'luque... on me suit... en moins d'une heure j'avais vingt soupirans qui m'offraient tous leur cœur...

RÉGULUS.

Et une fiole de champ...

POMPON.

Monsseux!.. je les refuse net!

RÉGULUS.

O vertu!

POMPON.

Mais je leur donne à tous rendez-vous pour ce soir.

RÉGULUS.

Eh ben! merci!!.

POMPON.

Où ça?.. qu'ils me demandent l'un après l'autre... sous le bâton de Musard, que j' réponds. — « A quelle heure, chère ange?.. Allez acheter samedi soir un bouquet chez la petite Pompon, au coin du passage, vous le saurez!

RÉGULUS.

Ah! elle est bonne... en v'là une banque de France!..

POMPON.

Chut!.. v'là le dix-neuvième!.. ce pauvre agneau... J' vas le servir! (Bas, et à part.) Ça n'empêche pas qu'il y en avait de gentils dans l'nombre!

(Elle va vendre un bouquet à un jeune homme qui s'éloigne ensuite.)

RÉGULUS.

Va, mon homme, va sous l'bâton à Musard!.. Lofard!.. (S'adressant à un monsieur qui passe.) Billets de bal... billets d'Opéra... moins cher qu'au bureau!

LES DÉCROTTEURS.

Cirez vos bottes!..

LIBERTÉ, sortant de chez le marchand de vin.

Arrachons Guillaume à ses fers!.. Arrachons...

RÉGULUS, le poussant.

Tais-toi donc... tu vas te rendre poumonique à brailler en plein vent.

LIBERTÉ.

Moi, poumonique!.. j' suis trop bien nourri... on a trop soin de ma petite personne.

RÉGULUS.

Qui donc qu'en a soin?

LIBERTÉ.

C'te question... ma légitime, ma légale... pardié!

RÉGULUS.

T'es marié!.. un vacabond comme toi?

LIBERTÉ.

J' suis sous les chaînes, mon fiston; les vraies

chaînes de l'hyménée. Je me suis marié, l'histoire d'avoir des repas réglés... v'là ce que c'est, mais, du reste, libre comme l'air... la grande air que nous respirons toi et moi!

RÉGULUS, avec mépris.

T'as pas seulement un état, une position dans l' monde.

LIBERTÉ.

Merci!.. qu'est-c' que j' suis donc le matin? domestique à pied de la garde nationale à cheval... Dès que l'escadron se meut, j'emboîte le pas... je galope... il n'y a que moi qui galope... Je porte les journaux, les manteaux, la cire à moustache de nos guerriers... je ramène à l'écurie leurs bêtes fougueuses... Au galop... là... gare!.. gare!.. et le soir donc!.. je flâne sur l'asphalte, et je bûche sur la concurrence... Monsieur, Madame désirent un fiaque?.. — voilà — je dégrafe la portière, la belle s'élance... Dieu! quel beau bas de jambe! — Où va Monsieur? — Aux fortifications! — Compris! — file, Bibi, et ménage ta cargaison... y a gras!..

(Il fait le geste de faire sonner de l'argent.)

RÉGULUS.

C'est égal... c'est pas c' métier-là qui remplira ta profonde!

LIBERTÉ.

Merci!.. on n'a pas qu'une industrie... et celle-là donc?.. (Il montre un sac qui est attaché sous sa blouse.) Ça vaut plus d' trois balles par jour.

RÉGULUS.

Qu'est-ce que c'est que ça?

LIBERTÉ.

Ça a l'air d'un ridicule... eh bien, c'est un mystère... le mystère des bouts de cigares, dont je suis ramasseur non patenté. J'ai ma petite régie. Veux-tu voir mes échantillons? Voilà... voilà. (Montrant alternativement trois bouts de cigare de différentes grandeurs.) Demi-havane... deux-tiers havane... trois-quarts havane... ça se déroule, ça se découpe, le fumeur met ça dans sa blague et il est carotté!..

RÉGULUS.

Oh! c'te état!

LIBERTÉ.

Fais donc le dégoûté, toi... Va donc...

Lave tes billets en silence,
Floueur, parle bas!
Le bon jobard ne t'échappera pas...
Tra la la, tra la la..

(Il remonte la scène et va auprès de la bouquetière.)

RÉGULUS, à un monsieur qui sort du passage.

Billets de bal!.. billets d'Opéra!

POMPON.

Fleurissez vos dames, Messieurs!

SCÈNE XIII.

LES MÊMES, POUPARDIN.

POUPARDIN, sortant du passage.

Je suis fort embarrassé... ces maudites loges sont d'un cher... 48 francs... et tout compte fait il ne m'en reste que 20. Impossible de passer la nuit avec ça... Camélia voudra souper... Je tiens beaucoup au souper. Je suis très perplexe.

(Il jette à terre son cigare.)

LIBERTÉ, le ramassant.

A moi l'havane.

(Il le met dans son sac.)

POUPARDIN, regardant l'heure à sa montre.

Il faut encore que j' aille prendre mon costume et... oh!.. quelle idée!.. ma montre qui a besoin d'aller chez l'horloger... si je la déposais... oui... comme ça j'aurai ma loge et le souper. Voyez pourtant où les passions peuvent conduire un homme!

(Il sort par la droite.)

LIBERTÉ, qui l'écoutait.

Eh! Régulus!.. arrive donc!.. j'ai levé un chaland pour toi... un antique, un vieux melon qui parlait d'Opéra... de loge... et qui vient d'aller chez ma tante chercher de la brouissaille.

RÉGULUS.

Si je lui glisse ma loge... je te paie queuqu' chose.

(Régulus sort.)

SCÈNE XIV.

LES MÊMES, ALFRED, un cigare à la bouche et arrivant de gauche.

LIBERTÉ, à Alfred qui entre.

Un cigare et du feu.

UN DÉCROTTEUR, s'approchant de lui.

Faites-vous cirer, mon capitaine... c'est un luisant... une glace, mon général.

ALFRED, mettant son pied sur sa boîte.

Allons, dépêche-toi! (On le cire, il regarde au-dessus du passage.) Point de lumière dans la chambre de ma cousine. Il n'est pas encore temps de me présenter chez elle! Enfin!.. j'ai donc pu me procurer ces fameux *Mystères de Paris* dont son mari lui enterdit la lecture... Comme elle sera contente de les avoir, et quel plaisir j'aurai à les lui lire pendant que ce tyran de Dubruel fera sa faction... Ah! voilà de la lumière, on m'attend...

(Pendant ce qui précède, Liberté force un petit décrotteur de lui cirer ses souliers. Dès qu'Alfred a fini de parler, Liberté se met à chanter.)

Crois, mon ange
Le cœur j'amais ne change,
L'amour d'un jour
Ce n'est pas de l'amour!

(Alfred paie et avant d'entrer dans le passe il jette son cigare à terre. Liberté va pour le ramasser; u n autre prolétaire s'avance pour mettre la main dessus.)

LIBERTÉ, le poussant.

Ne touche pas à ça... ça mord.

LE PROLÉTAIRE.

Est-ce qu'onn'est pas libre?

LIBERTÉ.

C'est mon bien, c'est ma denrée... Si t'y
touche... je t'éclabousse...

LE PROLÉTAIRE.

Toi?

LIBERTÉ.

Oui, moi !.. méchant moucheron.

(Il jette à terre sa casquette et se met en garde.)

LE PROLÉTAIRE.

A bas le monopole !

LIBERTÉ.

Ah! tu veux une salade!.. j'te vas la vinaigrer.

(Ils tirent la savate, les décrotteurs et les passants
font cercle. Liberté jette son adversaire par terre.)

LIBERTÉ, reprenant sa casquette.

Éteignez le gaz... Monsieur est couché!..
(Se retournant et d'un ton très naturel aux per-
sonnages qui entrent.) Une voiture là, mon bourgeois... un fiacre! voilà une voiture.

CRIS.

Faites-vous cirer... Fleurissez vos dames.

(En ce moment on voit passer sur le boulevart et
entrer dans le passage des bourgeois et des
masques portant des manteaux et des schalles qui
cachent leurs costumes.)

LIBERTÉ.

En v'là des rafalés!.. ça m' fait loucher. Va
donc, panné!..

SCÈNE XV.

LES MÊMES, RÉGULUS et POUPARDIN.

POUPARDIN, à Régulus.

Monsieur, je suis vraiment sensible à votre
bon procédé... me céder votre loge quand il
n'en reste plus au bureau!..

RÉGULUS.

Monsieur, je suis enchanté de m'en défaire en
votre faveur... ayant ce soir une réunion diplo-
matique... C'est 50 francs.

POUPARDIN.

Voilà, Monsieur.

RÉGULUS.

Prix contant... loge des premières. (A part.)
On l'enverra aux troisièmes

POUPARDIN, saluant.

Que de bonté.

RÉGULUS, lui rendant son salut.

Air : Mes amis, partons bien vite.

Monsieur, je suis bien le vôtre !

POUPARDIN.

Laisser donc, Monsieur, c'est moi ;
Je n'aurais pu, près d'un autre,
Trouver tant de bonne foi !..
Mais, pardon, si j'interroge,
On doit, pour cinquante francs,
Etre au mieux dans votre loge.

RÉGULUS.

Vous serez très bien dedans !..

POUPARDIN, à part.

C'est un homme très comme il faut !

(Haut.)

Monsieur, je suis bien le vôtre...

RÉGULUS.

Laissez donc, Monsieur, c'est moi.

ENSEMBLE.

(A part.)

Pouvais-je en trouver un autre
Aussi bête, non, ma foi !

POUPARDIN.

Je n'aurais pu, près d'un autre,
Trouver tant de bonne foi !

(Poupardin sort.)

SCÈNE XVI.

LES MÊMES, excepté POUPARDIN.

RÉGULUS.

Merci, Jambe d'argent, ton antique est rincé.

LIBERTÉ.

Rincé comme un verre à bière... il est net-
toyé, c't homme, v'là ce que c'est.

POMPON.

Ah! v'là mon vingtième placé! Ils sont tous
venus, les godichards.

RÉGULUS.

Appelons mes aides-de-camp! (Il fait un cri
particulier auquel on répond de loin puis on voit
arriver de différens côtés des hommes d'une mauvaise mine.) Allons, enfans, aboulez à la masse.

LIBERTÉ.

Ah! boulevart Italien!.. paradis des lou-
peurs!.. je te porte dans mon cœur !

Air nouveau de M. Nargeot.

Et d'autor... et d'achar...
Enfoncer le jobard !
Voilà le bohémien
Du boul'vart Italien !

CHŒUR.

Et d'autor... etc., etc.

RÉGULUS.

Le matin on sommeille,
Mais vrais oiseaux de nuit
Dès que la lun' s'éveille,
On s'échappe sans bruit.
Flânant sur ton bitume,
O boulevart d'amour,
L' Parisien, on l'allume,
On lui fait voir le tour.

CHŒUR.

Et d'autor... etc., etc.

LIBERTÉ.

Que de figur's bizarres
J'aperçois chaque soir!
Ramasseurs de cigares,

Emprunteurs de mouchoirs !
Chacun, homm' de ressource,
Y trouve son boni,
C'est not' petite bourse
D'vant monsieur Tortoni.

CHŒUR.

Et d'autor... et d'achar...
Enfoncer le jobard,
Voilà le bohèmien
Du boul'vart Italien !

LIBERTÉ.

Chut !.. v'là la patrouille... taisons nos becs !

RÉGULUS.

Rentrons dans la bonne société.

LIBERTÉ.

Allons chez l' marchand de vin.

TOUS, à la fois.

Et d'autor... et d'achard...
Enfoncer le jobard,
Voilà le bohèmien
Du boul'vart Italien.

(Ils entrent chez le marchand de vin. Liberté est en
arrière.)

LE CHEF DE LA PATROUILLE, en dehors.

Qui vive ?

LIBERTÉ.

Marchande de mode attardée !

(Il entre. Le marchand de vin ferme sa boutique. —
Musique à l'orchestre. La patrouille passe. La fenêtre de Mᵐᵉ Dubruel s'éclaire, et on voit sur
les rideaux l'ombre de Mᵐᵉ Dubruel assise.)

DUBRUEL, qui marche le dernier de la patrouille.

Quelle nuit calme et vertueuse !.. Me voilà
sous les fenêtres de Mᵐᵉ Dubruel mon épouse
chérie... Tiens !.. elle n'est pas couchée... elle
nous regarde passer... Pauvre biche... tu vas
bien t'ennuyer... toute seule... (On voit la sil-
houette d'Alfred au près de Mᵐᵉ Dubruel.) Ah ! ils
sont deux !

(Il laisse tomber son fusil et reste anéanti.)

(Le rideau baisse.)

FIN DU DEUXIÈME ACTE.

❈❈❈❈❈❈❈❈❈❈❈❈❈❈❈❈❈❈❈❈❈❈❈❈❈❈❈❈❈❈❈❈❈

ACTE III.

—

CINQUIEME TABLEAU.

Le bal de l'Opéra. Le grand corridor des premières loges. Dans la ferme, une porte laissant voir le foyer
et l'horloge.

SCÈNE I.

(Au lever du rideau, le théâtre est encombré de
promeneurs et de toutes sortes de masques.)

CHŒUR.

Air des Diamans.

Livrons-nous à la folie,
Joyeux enfans du carnaval,
Le plus beau jour de la vie
Ne vaut pas une nuit au bal !

(A la fin du chœur, les promeneurs qui se trouvent
sur le devant de la scène s'éloignent un peu.)

❈❈❈❈❈❈❈❈❈❈❈❈❈❈❈❈❈❈❈❈❈❈❈❈❈❈❈

SCÈNE II.

CAMÉLIA, en débardeur ; CAROLINE, en domino rose. Elles ont leurs masques à la main.

CAROLINE.

Enfin !.. me voilà donc dans ce fameux bal
de l'Opéra !.. Avais-je assez prié, supplié mon
mari pour qu'il m'y amenât ! C'est un lieu de
perdition, me disait-il, c'est un enfer !

CAMÉLIA.

Il avait ses raisons pour ça, le monstre !..
Dire que j'ai pensé devenir sa victime ?

CAROLINE.

Plus de colère... de dépit, ma chère Camélia ; ça sera bien plus gentil de nous venger en
nous amusant.

CAMÉLIA.

C'est dit... Soyons philosophes... et faisons
honneur à la société... Elle est nombreuse, la
société... un peu mêlée ; mais c'est ce qui en
fait le charme et l'agrément...

Air : Valse dans la prairie.

Ce bal joyeux qu'entoure le mystère
De toute part,
Voit accourir, ma chère,
La ville entière ;
Bourgeois, marchand, noblesse ou populaire,
Vient sans retard
Prendre sa part
D'séchos de Musard !
Vois ce jeune marquis à la tête si blonde,
Le monde
Admire son bon ton
Pur comme son blason.
Ici... ce n'est plus ça, changement de visage :
Langage
De monsieur Balochard,
Et danse de Chicard,
Ce bal joyeux, etc., etc.

Sous le masque discret, plus d'une grande dame
Qu'enflamme
Un désir curieux,
Fuit son bal vertueux ;
Et grisette une nuit, savoure en un doux rêve,
Comme Ève,
Le plaisir inconnu
Du galop défendu !

ENSEMBLE.

Ce bal joyeux, etc., etc., etc.

CAROLINE.

Oh ! que je conçois bien cet entraînement !
Quand j'entends l'orchestre... cette musique ravissante ! Si je pouvais danser, rien qu'un petit pas !

CAMÉLIA.

Au fait !... quand nous risquerions notre petit galop en douceur... là... là... houp !..

CAROLINE.

Avec des étrangers qui vous serrent la main, la taille... Y penses-tu?.. Non, non, je n'oserais pas.

CAMÉLIA.

T'es bête.

CAROLINE.

Et puis je crois qu'il est bientôt une heure... Ces messieurs vont arriver... Songe qu'il nous faut une vengeance éclatante.

CAMÉLIA.

A moi, surtout... moi qui perds à la fois un prétendu, un mari... et mieux que cela, un cachemire.

CAROLINE.

Ah ! pourvu que mon projet réussisse !..

CAMÉLIA.

Je ne te cache pas que je le trouve un peu hardi... Mais aux âmes bien nées... Viens faire un tour dans le bal.

(Elles entrent dans le foyer. En ce moment Liberté paraît par la gauche, en tournant le dos au public. Il est en bourgeois, costume ridicule et beaucoup trop long pour lui.)

SCÈNE III.

LIBERTÉ ; puis, RÉGULUS.

LIBERTÉ, criant.

Hé !.. Régulus, oh ! hé !.. (Il s'avance vers le public.) En v'là du peuple... et du soigné, du mouchique... C'est encore mieux ici qu'au *Bœuf-Rouge* !.. Aussi j'ai cru devoir faire un bout de toilette... Ah ça, mais où donc est Régulus?.. (Faisant un autre cri.) Kiwik !.. Kiwik.

RÉGULUS, arrivant.

Eh ben ! eh ben ! tu vas te taire ? T'as donc envie de nous faire poser à la porte comme des canailles ?

LIBERTÉ.

Avec ça qu'il est devenu joli ton bal de l'Opéra... C'est tout gouapeurs... Et puis... de quoi ? des canailles !.. avec une pelure comme ça.

RÉGULUS.

Qui donc qui t'a si bien vêtu ?

LIBERTÉ.

Mon épouse donc !.. ma légale... C'est des frusques à son premier mari.

RÉGULUS.

Alors, fais-y honneur à cet homme !

LIBERTÉ.

Tu veux que je fasse des manières?.. As pas peur. (Il marche en se donnant des airs prétentieux.) J' té dame le pion à toi pour les manières. Tiens... encore celle-là. (Il se pose devant le public, le chapeau sous le bras.) En v'là une pose à faire des femmes !

RÉGULUS.

Dis donc, à propos, si la Pompon me savait ici à papillonner, ça la flatterait peu, c'tte petite.

LIBERTÉ.

Et ma légale... c' nez qu'elle frait si elle savait que tu m'as payé le bal avec un billet de reste, et que je viens ici pour inspirer des caprices... Car, vois-tu? je m' sens en train..... J' veux m' faire offrir des rafraîchissemens.

RÉGULUS.

Ça y est, soyons aimables.

LIBERTÉ.

Allumons !.. allumons !..

Air : Valse de Strauss.

Allons, viens mon Joconde ;
Le monde
Abonde :
Séduisons à la ronde
Et la brune, et la blonde.
Vois, tout le bal se foule
Et roule,
Joyeux ;
Roulons, en f'sant la noce,
Not' bosse,
Comme eux !

RÉGULUS.

Mais surtout n' vas pas près d' ces belles
Nouvelles
En argot parler d' tes amours !

LIBERTÉ.

Pour un homm' de lettr's je veux passer près
(d'elles.)
Je sais quatorze calembourgs.

ENSEMBLE.

Allons, viens, mon Joconde, etc.

(A la fin du couplet, Liberté prend le bras de Régulus, et ils remontent au fond en se donnant des airs d'hommes comme il faut.)

SCÈNE IV.

POMPON, en Arlequine ; VICTOIRE, en toilette de dame, avec des plumes, une écharpe et une robe bleue foncée.

POMPON, d'un côté.

C'est lui ! c'est Régulus !

VICTOIRE, de l'autre.

C'est mon brigand de Liberté !

POMPON.

Ah ! il vient au bal sans moi.

VICTOIRE.

Ah ! tu t'amuseseras, gueux, pendant que je gémis dans la cuisine en l'attendant.

POMPON.

Un homme pour qui j'ai refusé un Danois.

VICTOIRE.

Un gredin que je nourris de poulet... et dont je soigne si bien la mise !

POMPON.

Heureusement, je l'ai suivi !

(Elle sort.)

VICTOIRE.

Qué bonheur que j' l'ai guetté !.. Avec ça Monsieur est au poste... Madame passe la nuit Dieu sait où !.. On ne se doutera pas de mon absence chez Monsieur Poupardin.

(Elle sort.)

SCÈNE V.

POUPARDIN ; puis, SAINT-LÉON.

POUPARDIN, en turc, avec un riche cachemire pour ceinture ; il est entré pendant les derniers mots de Victoire. Il a une barbe énorme.

Je crois être méconnaissable, grace à ce malin travestissement dont Camélia seule possède le secret.

SAINT-LÉON, arrivant du fond ; il a un faux nez.

Bientôt une heure. J'espère que la belle Caroline ne tardera pas à paraître.

POUPARDIN.

Une heure moins sept... L'heureux instant approche... Attendons.

SAINT-LÉON.

Patience ! (Ils se rencontrent et se regardent.) Dieu ! quel costume rococo !

POUPARDIN.

Voilà un Monsieur qui a un beau nez.

(Ils se mettent à rire tous les deux en se regardant.)

SAINT-LÉON.

Il est fort ridicule ce gaillard-là !

POUPARDIN.

Ce monsieur est révoltant !

(Ils traversent la scène.)

SAINT-LÉON, à part.

Mon nez me gêne beaucoup... Si je le mettais un instant dans ma poche.

POUPARDIN, à part.

Il fait une chaleur ici... J'ai bien envie de me faire la barbe pour une minute.

(Ils regardent s'ils voient des personnes de connaissance.)

TOUS LES DEUX.

Personne... de connaissance... (Saint-Léon ôte son nez. Poupardin ôte sa barbe. Ils respirent.) Ah !.. (Ils se retournent et se voient.) Oh !..

SAINT-LÉON, à part.

Poupardin !

POUPARDIN, à part.

Mon directeur-général !

SAINT-LÉON, à part.

Se douterait-il que sa femme...

POUPARDIN, à part.

Il va me demander des explications sur ma garde.

SAINT-LÉON, à part.

Il faut absolument que je sache... (Haut.) Il paraît, M. Poupardin, que nous avons changé d'uniforme ?

POUPARDIN, à part.

Nous y voilà... Je suis un homme destitué.

SAINT-LÉON.

Le corps-de-garde se passera de vous cette nuit comme le bureau dans la journée.

POUPARDIN, à part.

Ma situation manque de noblesse.

SAINT-LÉON, hésitant.

Et sans doute... une femme... une femme charmante est la cause?..

POUPARDIN.

M. le vicomte... je suis un grand coupable... mais ne me trahissez pas... Caroline est si jalouse !

SAINT-LÉON, à part.

Ce n'est pas elle.

POUPARDIN.

Je l'avoue, j'ai les passions très vives... mais ce n'est pas une raison pour me chasser de vos bureaux.

SAINT-LÉON.

Vous chasser !.. Pourquoi cela?.. Pour une peccadille... Je suis vraiment fâché, au contraire, de vous avoir si mal reçu tantôt !

POUPARDIN, à part.

Tiens... tiens... tiens !

SAINT-LÉON.

Depuis, j'ai reconnu en vous un mérite... (Poupardin salue.) Vous ferez votre chemin, mon cher, et vous l'aurez bien gagné... Un homme de votre capacité.

POUPARDIN.

Ah ! vous me confusionnez !.. (A part.) La girouette a tourné. Pourquoi ? par exemple, je n'en sais rien.

(L'heure sonne.)

TOUS LES DEUX.

Une heure.

(Ils remettent vivement, l'un son nez, l'autre sa barbe. On voit paraître au fond Camélia et Caroline, qui se parlent à l'oreille.)

SAINT-LÉON, vivement.

Aïe ! Mon épouse fait ma gloire.

Séparons-nous. Bonne chance !

POUPARDIN, d'un air fin.

Voici l'heure du berger.

SAINT-LÉON.

Dès cet instant je commence, Mon cher, à vous protéger !

POUPARDIN.

Ah ! puis-je être assez heureux...

SAINT-LÉON.

Vous le serez... Je le veux !

POUPARDIN, s'inclinant.

Quel honneur!
Ah! monsieur le Directeur,
Je suis votre humble serviteur.

SAINT-LÉON.

Cet honneur,
De grand cœur,
Je veux, en vrai protecteur,
L'ajouter à votre bonheur.

(A la fin de l'ensemble, ils se séparent et remontent un peu la scène. Caroline et Camélia, qui se sont séparées, les arrêtent par le bras.)

SCÈNE VI.

LES MÊMES, CAROLINE, en domino rose, et masquée; CAMÉLIA, en débardeur, et masquée.

CAMÉLIA, à Poupardin.

Me voilà!

CAROLINE, à Saint-Léon.

C'est moi!

SAINT-LÉON, avec joie, et amenant Caroline sur l'avant-scène.

Est-ce bien vous, Madame?

CAROLINE.

Si vous en doutez!
(Elle soulève son masque et le remet aussitôt.)

SAINT-LÉON.

Charmante!
(Il lui parle bas.)

POUPARDIN, amenant Camélia du côté opposé.

J'étais d'une impatience!..

CAMÉLIA.

Je suis exacte, j'espère!

POUPARDIN.

Délicieuse!.. Et quel costume ravissant!

CAMÉLIA.

Il ne vaut pas le vôtre... Vous êtes superbe en turc!
(On entend la contredanse.)

CRIS, au fond.

Oh! hé!..

CAMÉLIA, à Poupardin.

Vite! en place!

POUPARDIN.

Un vis-à-vis... on demande un vis-à-vis!
(Il sort avec Camélia. Les masques sortent en se bousculant. On ne voit plus passer que quelques personnes qui se promènent au fond.)

SCÈNE VII.

CAROLINE, SAINT-LÉON.

SAINT-LÉON.

Mon bonheur est si grand, que j'ose à peine y croire... Il me semble que c'est un rêve.

CAROLINE.

Je suis toute tremblante!

SAINT-LÉON.

Pauvre petit ange!..

CAROLINE.

Il m'a fallu bien du courage pour venir jusqu'ici... mais je vous avais promis, et j'ai voulu tenir ma parole.

SAINT-LÉON.

Et je vous imiterai, Madame, en ne tardant pas davantage à tenir la mienne. (A part.) Cette fois, elle est bien à moi. (Présentant un papier à Caroline.) Cette nomination que vous avez tant à cœur d'obtenir; la voici.

CAROLINE.

Ah! Monsieur! (A part.) Je la tiens!

SAINT-LÉON.

Demain, votre mari en recevra l'expédition officielle. Vous le voyez, il n'est rien que je ne fasse pour vous plaire.

CAROLINE.

Vous m'enchaînez par la reconnaissance, et je viens de contracter envers vous une dette... (A part.) que j'espère bien ne pas payer moi-même!

SAINT-LÉON.

Votre bras, chère Caroline... L'orchestre nous réclame... et...

CAROLINE, avec effroi.

Ciel!..

SAINT-LÉON.

Qu'est-ce donc?

CAROLINE.

Ah! mon Dieu... j'ai cru voir... Non... je me suis trompée... Ah!.. cela m'a donné un coup... Je ne sais si, l'émotion... mais je sens que... Ciel!.. une chaise, Monsieur, une chaise, un flacon; je vous en prie.
(Elle paraît presque évanouie.)

SAINT-LÉON, embarrassé.

Une chaise... une chaise... me voilà bien, si elle se trouve mal... Ah! l'ouvreuse!..
(Il sort rapidement par la gauche; au même instant, Camélia, Poupardin et l'inspecteur entrent par la droite.)

SCÈNE VIII.

LES MÊMES, CAMÉLIA, POUPARDIN, L'IN-SPECTEUR.

L'INSPECTEUR, à Poupardin.

Je vous engage à surveiller la danse du débardeur, ou sinon...

CAMÉLIA, à Poupardin.

Expliquez-vous avec lui.

POUPARDIN, à Camélia.

Soyez paisible. (A l'Inspecteur.) Oui, Monsieur l'Inspecteur, je me porte garant de l'innocence des intentions de Madame.

L'INSPECTEUR.

Faites-y attention.
(Il sort.)

(Pendant ce dialogue, Camélia a quitté le bras de Poupardin. Caroline jette à terre son domino, paraît, en costume de débardeur pareil à celui de

Camélia, et elle prend la place de celle-ci auprès de Poupardin. Camélia ramasse le domino, se sauve par le fond et en même temps le régisseur-général reparaît tenant une chaise à la main).

SAINT-LÉON.

Eh bien?... où est mon domino?.. disparu !...
(Il pose la chaise à terre et s'asseyant dessus). Serai-je joué ? (Caroline qui regarde a peine à étouffer une envie de rire.) Oh !...Je la retrouverai !
(Il sort en courant.)

CAROLINE, à part.

Oui, cherche.

SCÈNE IX.

CAROLINE, en débardeur, POUPARDIN.

POUPARDIN.

C'est arrangé... Rassurez-vous, chère Camélia.

CAROLINE, à part.

Sa chère Camélia... Ça me donne des impatiences !

POUPARDIN.

Cor damner une danse si ravissante !

CAROLINE, le regardant, à part.

Est-il laid comme ça !

POUPARDIN.

Rien que de vous l'avoir vue danser une fois, il me semble que je la possède déjà.
(Il danse un pas de cancan.)

CAROLINE, à part, indignée.

Un homme marié !

POUPARDIN.

Vous étiez délirante... ce costume vous va si bien, il dessine une taille si svelte, si gracieuse. Et cet amour de petit pied...Oh ! quel pied !... J'en ai jamais vu de plus coquet.

CAROLINE, déguisant sa voix.

En êtes-vous bien sûr?

POUPARDIN.

Parole d'honneur !... (A part.) C'est-à-dire que ma femme seule pourrait lutter. (Haut.) Mais venez, ma divine, retournons à la danse. Dansons, valsons à mort... et puis nous irons souper !... Un souper au champagne... pif... paf... pas !...J'adore ce picton.

CAROLINE, à part.

Ah ! Dieu ! il parle argot... quelle horreur !

POUPARDIN.

Eh bien !...Vous ne venez pas ! (Caroline fait signe que non.) Pourquoi ?

CAROLINE.

Cherchez !

POUPARDIN.

Ah ! j'y suis...ma promesse que j'oubliais... (Caroline fait un signe affirmatif.) Pardon..... c'était la joie, le délire !.... (Otant sa ceinture en même temps que Caroline ôte la sienne.) Que cet échange soit l'image de celui de nos cœurs!

CAROLINE, à part.

Le cachemire !

POUPARDIN.

Souffrez que je vous l'attache moi-même.

CAROLINE, à part.

Il est à moi.

SCÈNE X.

LES MÊMES, SAINT-LÉON, CAMÉLIA, avec le domino rose de Caroline ; puis, RÉGULUS, POMPON, masquée ; puis LIBERTÉ et VICTOIRE, masquée.

SAINT-LÉON, à Camélia qu'il tient par le bras.

Pourquoi vous être ainsi sauvée, ma chère Caroline ? Est-ce que vous auriez cru reconnaître quelqu'un?

CAMÉLIA.

Oui, mon mari.

SAINT-LÉON.

Quelle folie !
(Ils se promènent en se parlant bas.)

RÉGULUS, entrant avec Pompon à la quelle il donne le bras.

J'ai conquis une arlequine !

LIBERTÉ, entrant de même avec Victoire.

J'ai subjugué une dussèche.

RÉGULUS, bas, à Liberté.

Dis donc, ma Calypso accepte un bifteak à la caverne des deux mondes !

LIBERTÉ.

J'ai proposé à ma Vénus de me payer un riz au gras...Mais elle a refusé ; alors je lui ai dit : payez-moi une douzaine d'huîtres. Elle m'a répondu : « Non, tu serais treize à table, ça porte malheur. »
(Ils se parlent bas.)

CAROLINE, en regardant Victoire.

C'est singulier ! voilà une écharpe et des plumes que je crois reconnaître.

POUPARDIN, à part.

Voilà un frac qui m'a appartenu en 1816.

SAINT-LÉON, à Camélia.

Allons souper.

CAMÉLIA.

Non, après la contredanse.

TOUS LES MASQUES, au fond.

En place ! en place !

LIBERTÉ.

Non, pas là-bas !... dansons ici...là-bas c'est cohue, c'est mauvais genre ! (Criant.) à moi, les badouillards ! oh ! hé !

POUPARDIN, à Caroline.

Chère Camélia !

SAINT-LÉON, à Camélia.

Belle Caroline !

RÉGULUS, à Pompon.

Charmante arlequine !

LIBERTÉ, à Victoire.

Noble dussèche !

(Ils prennent en même temps la taille de leurs danseuses. Les femmes leur répondent à chacun par un soufflet.)

POUPARDIN, recevant le soufflet.

Aïe !

RÉGULUS, de même.

Ah !

LIBERTÉ, de même.

Cré boulevart !.. quel feu de file !..

LES MASQUES.

En avant quatre !..

(Ils partent tous en avant quatre.)

(Le rideau baisse.)

SIXIÈME TABLEAU.

Même décor qu'au premier tableau. — Au lever du rideau ; le théâtre est vide. Il fait à peine jour. On sonne en dehors. Victoire sort de sa cuisine en agrafant sa robe.

SCÈNE XI.

VICTOIRE.

C'est, sans doute, Madame qui rentre ; heureusement que je suis arrivée avant elle. Vite, serrons son écharpe et sa ceinture... (Elle les met dans l'armoire. On sonne.) On y va !.. D'où peut-elle venir à des heures pareilles... C'est scandaleux !

(Elle va ouvrir.)

SCÈNE XII.

VICTOIRE, CAROLINE ; elle a domino rose.

CAROLINE.

Merci, Victoire, merci, ma fille.

VICTOIRE, à part.

Madame en domino... Elle était donc aussi au bal ?

CAROLINE.

Angélique ne s'est aperçue de rien ?

VICTOIRE.

Elle dort encore.

CAROLINE.

Tant mieux... il est inutile qu'elle sache...

VICTOIRE.

J'crois bien, seigneur, une jeunesse si jeune.. qui n'a pas plus d'idée que l'enfant au biberon.

CAROLINE, à part.

Pourvu que le mystère du domino rose ne m'ait pas fait un ennemi de M. de Saint-Léon... car enfin cette nomination... s'il allait la révoquer... (Haut:) Victoire, si l'on vient apporter une lettre pour Monsieur, vous me préviendrez aussitôt.

VICTOIRE.

Oui, Madame, (Caroline rentre.) Bon... elle va sans doute se mettre au lit... Mam'zelle, n'est pas levée... Quant à Monsieur, il ne descend la garde qu'à dix heures ; ainsi, je suis bien tranquille. (Elle va pour rentrer dans sa cuisine, on sonne.) Allons, bon... qui que ça peut être ? (Elle ouvre, Poupardin entre ; il a repris son uniforme ; il est pâle, défait, il a le nez rouge.)

SCÈNE XIII.

VICTOIRE, POUPARDIN.

VICTOIRE.

Ah ! Comment, Monsieur, vous v'là si bon matin ?

POUPARDIN.

Oui, je me suis senti indisposé.

VICTOIRE, à part.

Qué tête de patrouille.

POUPARDIN.

Où est ma robe de chambre ?

VICTOIRE.

Monsieur ne va pas se reposer ?.

POUPARDIN.

Non.

VICTOIRE.

Mais c'est que...

POUPARDIN.

C'est que... c'est que... Donnez-moi ma robe de chambre et ne raisonnez pas.

VICTOIRE.

On y va, Monsieur, on y va. (A part.) Il aura eu une mauvaise fraction.

(Elle entre chez Coraline.)

POUPARDIN, seul.

Ah ! je suis gelé... je suis vexé... quel procédé mesquin ! souffleter en plein bal un homme qui vous a donné un cachemire... lui brûler la politesse au détour d'un corridor... Enfin, après trois heures d'attente, un éclair brille à mes yeux..... Je vole à son domicile... Je frappe à tout rompre... Mamzelle Camélia ?... «Elle vient de rentrer, monsieur. «Mais ne vous a-t-elle rien dit pour moi... pour moi.. Charlemagne ?.. «Ah ! si.. elle m'a dit de vous dire que vous étiez un polisson !» Et vlan, je reçois la porte sur le nez ! Notez que j'étais en turc... et qu'il tombait des hallebardes !... (Grelottant.) Je prendrais bien un bouillon.

VICTOIRE, rentrant.

Monsieur, voilà votre robe de chambre.

POUPARDIN, ôtant son habit et mettant la robe de chambre.

Je suis gelé, morfondu... Ma femme dort-elle.

VICTOIRE.

Non, Monsieur, dès qu'elle vous a entendu, elle s'est levée bien vite.

POUPARDIN.

Pauvre chérie !... On trompe ces êtres-là !... et on est toujours bien aise de les retrouver.

(Il se dirige vers la chambre.)

VICTOIRE.

Oh ! enfin !.. il s'en va !... Ça fait bien mon affaire.

POUPARDIN, s'arrêtant.

La voilà !... J'aurais bien mieux fait de lui donner le cachemire.

VICTOIRE.

Ah ! que c'est ennuyeux.

(Elle rentre dans sa cuisine.)

SCÈNE XIV.

CAROLINE, POUPARDIN.

CAROLINE, le cachemire sur le dos.

Ah! mon ami!...que vous êtes gentil de revenir de si bonne heure.

POUPARDIN.

Si elle savait d'où j'arrive.

CAROLINE.

Mais venez donc, que je vous remercie..

POUPARDIN.

Me remercier.

CAROLINE.

Il est superbe et il me va!... Regardez!

POUPARDIN.

Ah! mon Dieu...ce...ca..chemire...

CAROLINE.

Je ne m'attendais pas, il est vrai, à tant de galanterie de votre part; c'est qu'en vérité vous êtes très-aimable quand vous le voulez bien... et je conçois qu'on résiste difficilement aux séductions de M. Charlemagne.

POUPARDIN.

Charlemagne!.. mon nom d'agrément. Ah!.. je sens que je défaille, je dois être vert pomme..

CAROLINE, éclatant de rire.

Ah! ah! ah!...vous avez l'air si...drôle... que j'ai pitié de votre embarras.

POUPARDIN.

C'est qu'il y a dans tout ceci un mystère...

CAROLINE.

Dont je veux bien vous donner la clef... Un cachemire... le cœur d'un mari, sont des objets qui ne doivent pas sortir de la maison... et il était de mon devoir de les y ramener; vous êtes bien heureux d'en être quitte pour un soufflet !...

POUPARDIN.

Un soufflet !.. Comment, c'est toi !... Ah! je suis un scélérat.. Je mérite les galères.. l'échafaud.

(Il se jette à genoux.)

CAROLINE.

Taisez-vous.. J'entends du bruit dans la chambre de votre fille...respectons l'innocence de cette enfant.

(On entend un prélude de guitare.)

POUPARDIN.

Elle étudie sa guitare. (On entend le même air joué dans la cour par un piston.) C'est un signal du dehors !

(Il remonte la scène ainsi que Caroline, et il ouvre la fenêtre.)

SCÈNE XV.

LES MÊMES, ANGÉLIQUE; puis, VICTOIRE.

ANGÉLIQUE, entrant sans voir Caroline et son père.

Il m'a répondu!.. Je suis bien impatiente de savoir s'il a quelque chose de nouveau à m'apprendre! (Angélique se retourne pour aller à la fenêtre, et elle pousse un cri en voyant son père.) Ciel! mon père.

(Poupardin saisit une lettre qui descend par un fil.)

POUPARDIN.

Une lettre!.. Ah! je vous y prends, mademoiselle !.. Une correspondance clandestine !

VICTOIRE, qui vient d'entrer.

Oh ! la petite futée!

ANGÉLIQUE.

Mon père...je vous demande bien pardon...

CAROLINE.

Lisez, Monsieur, lisez vite.

POUPARDIN, lisant.

« Mademoiselle, rien ne nous empêche désormais d'avouer à vos parens le mystère de « notre amour !...

ANGÉLIQUE.

Quel bonheur !

POUPARDIN, lisant.

« Mon patron m'a appris hier au soir que de « premier commis je devenais son associé...» Quel est ce jeune homme?

ANGÉLIQUE.

C'est M. Georges !

POUPARDIN, CAROLINE et VICTOIRE.

Georges !

POUPARDIN.

Et où l'avez-vous connu ?

ANGÉLIQUE.

Au Minaret... où Maman va faire ses emplettes... Il me regardait toujours.

POUPARDIN.

Vous le regardiez aussi !...

ANGÉLIQUE.

Enfin, un jour... je l'ai aperçu de ma chambre à la fenêtre au-dessus de celle-là.

POUPARDIN, l'imitant.

Je ne veux pas me marier... je suis si heureuse auprès de vous !... Fiez-vous donc aux yeux baissés!.. (On sonne.) Allons, qu'est-ce encore ?

CAROLINE.

Ah ! mon Dieu !.. peut-être la destitution de mon mari.

SCÈNE XVI.

LES MÊMES, ANTOINE, DEUX AUTRES GARÇONS DE BUREAU; ils ont des bouquets à la main. L'un d'eux porte un petit gâteau de Savoie.

POUPARDIN.

Que vois-je?

ANTOINE, présentant un papier.

Mes amis, saluons M. l'Inspecteur-général !

POUPARDIN.

Eh! quoi!... je serais... Ah ! grand Dieu.

CAROLINE, à part.

Enfin !... je respire !

ANTOINE, bas, à Caroline.

Madame, Monsieur réclame le plus profond secret sur toute cette affaire.

CAROLINE.

Il peut être tranquille. Antoine, nous en avons besoin.

POUPARDIN, qui a lu.

Enfin, je suis nommé ! Victoire, mettez ce gâteau de Savoie dans la cuisine. (Aux garçons de bureau.) Mes amis, voilà pour boire à ma santé.

LES GARÇONS.

Vive M. l'Inspecteur-général.

(Ils sortent.)

POUPARDIN.

Eh bien! Caroline... qu'en dis-tu?... J'étais bien sûr que mon mérite finirait par l'emporter!...

CAROLINE.

Et cela sans intrigue... sans vous en douter!...

POUPARDIN.

Ma fille... j'invite M. Georges à dîner... Toi, cher ange, demande-moi désormais tout ce que tu voudras.

VICTOIRE, qui est revenue de la cuisine.

Et? moi, Monsieur...

POUPARDIN.

Toi, ma pauvre fille... Au fait, de la maison, c'est la seule qui mérite... Tu n'avais rien de caché toi... pas le plus petit mystère.

VICTOIRE.

Ah! Seigneur!... une honnête fille comme moi!...

(Grand bruit dans la cuisine.)

POUPARDIN.

Est-ce qu'il y aurait un voleur?

VICTOIRE, à part.

Ah! je me cacherais dans un moutardier.

SCÈNE XVII.

Les Mêmes, LIBERTÉ, sortant de la cuisine, son chapeau sur la tête.

LIBERTÉ.

Pardon, excuse, not' bourgeois et la compagnie... c'est que j'ai dégringolé de la soupente.

POUPARDIN.

De la soupente!

LIBERTÉ, à part.

Oh! c'est la pratique à Régulus.

POUPARDIN.

Victoire!...

LIBERTÉ.

Elle est blanche, Monsieur, blanche comme neige... Je suis son époux, son légal.

TOUS.

Son mari!...

POUPARDIN, à Victoire.

Vous vous étiez donnée pour célibataire.

VICTOIRE.

On a tant de préjugés contre les bonnes mariées.

LIBERTÉ.

On croit toujours que ça nourrit leur ménage avec celui des maîtres.

POUPARDIN.

Otez donc votre chapeau.

(Poupardin lui ôte son chapeau, et l'on voit sur la tête de Liberté un gâteau de Savoie.)

VICTOIRE, à part.

Oh! le maladroit!...

POUPARDIN.

Qu'est-ce que c'est que ça?

LIBERTÉ.

C'est le plan en relief du Panthéon.

POUPARDIN.

C'est mon gâteau de Savoie. Victoire, je vous chasse...

VICTOIRE et LIBERTÉ.

Ah! Monsieur!

POUPARDIN.

Je vous donne jusqu'à midi pour sortir de mon domicile.

LIBERTÉ, s'approchant de Poupardin.

Jusqu'à midi!... Quelle heure qu'il est donc à votre montre. (Poupardin fait le geste de tirer sa montre, et s'arrête tout-à-coup en regardant Liberté.) Boulevart Italien... Liberté, dit Jambe d'argent... Voilà une voiture, voilà.

POUPARDIN, bas.

Silence... (Haut.), Allons, soit... quand on est soi-même reprochable, il faut savoir pardonner, n'est-ce pas, Caroline,

(Elle lui tend la main; il la baise.)

LIBERTÉ.

Oui, bourgeois, pardonnons, pardonnons... qui est-ce qui n'a pas son petit mystère. Je suis bien sûr que Madame elle-même...

CAROLINE.

Chut!

LIBERTÉ.

J'ai même idée que Mamzelle..

ANGÉLIQUE.

Chut!

LIBERTÉ.

Sans compter que Victoire.

VICTOIRE.

Tais-toi donc....

LIBERTÉ.

Et vous-même... mon général... (Poupardin fait un signe de silence.) Allons, bah!... armistice générale.

CHŒUR.

Air:

Allons, plus de mystère,
Que tout soit effacé,
Et sachons bien nous taire
Sur ce qui s'est passé.

CAROLINE, au public.

Air: J'en guette un petit.

Il est un mystère au parterre,
Que vous connaissez trop, hélas!
Aujourd'hui, contre l'ordinaire,
Ce mystère n'existe pas.

POUPARDIN.

Ce qu'elle vous dit est sincère,
Le lustre est veuf de son gros bataillon.

(On applaudit à la 2ᵐᵉ galerie.)

LIBERTÉ.

Trop tôt... là haut... taisez-vous donc,
Vous allez trahir le mystère.

REPRISE DU CHŒUR.

Allons plus de mystère, etc., etc.

FIN.

Imprimerie de Mᵐᵉ Dᵉ Lacombe, rue d'Enghien, 12.

www.ingramcontent.com/pod-product-compliance
Lightning Source LLC
Chambersburg PA
CBHW061634180626

46818CB00005B/2376